Confucius
The Sage

Confucius
The Sage

A Story in Easy Chinese, Pinyin and English

960 Word Chinese Vocabulary

by Jeff Pepper and Xiao Hui Wang

IMAGIN8
PRESS

Acknowledgements

Many thanks to the team at Next Mars for their beautiful cover artwork, Jia Mei Beh, Arnaud Ysmal and Jean Agapoff for their careful proofreading, and Junyou Chen for his always-wonderful audiobook narration. Thanks also to the scholars whose research we have utilized in this book; see the Recommended Readings in the back for a list of our favorites.

Audiobook

A complete Chinese language audio version of this book is available free of charge. To access it, go to YouTube.com and search for the Imagin8 Press channel. There you will find free audiobooks for this and many other books.

You can also visit our website, www.imagin8press.com, to find a direct link to the YouTube audiobook, as well as information about our other books.

Contents

Introduction

Confucius is the most important philosopher in Chinese history, possibly in the entire world. His ideas have shaped thought and politics throughout Asia for twenty-five centuries.

Yet Confucius himself never held high office. He spent most of his life as a wandering itinerant teacher, going from one state to another seeking a virtuous ruler who would recognize his wisdom and adopt his ideas. From time to time he was employed by one duke or another, but these were brief and often unsuccessful. For the most part, he was respected for his ideas but ignored as a potential leader. For this reason, he's often called the "King Without a Throne."

Confucius had no interest in creating a religion. He almost never spoke about the soul, life after death, or other so-called spiritual topics. His goal was to create a harmonious society based on the ideals of the kings of the early Zhou Dynasty and built on the "five relationships": between ruler and subject, husband and wife, father and son, older and younger brother, and friend to friend. These relationships were mutual obligation; for example, the ruler owed benevolence to the subject, and received obedience in return.

He promoted proper conduct and virtuous behavior. He taught benevolence, righteousness, filial piety, and respect for rituals. He emphasized moral self-cultivation, learning, and leading by example. He spoke often about the "true gentleman" who practices integrity and duty, and brings peace through ethical behavior and social responsibility.

In this book you will read the story of the life of Confucius, using a vocabulary of just 950 Chinese words. To keep the vocabulary as small as possible, we have avoided giving detailed descriptions of his philosophy. If you are interested in this, please see the Recommended Readings in the back of the book.

Every word used in this book is defined in the glossary (and can also be found in the English translation), but here are a few of the more important words that apply to the master's teachings:

- filial piety (孝, **xiào**) – devotion, respect, and obedience toward one's parents, elders, and ancestors.

- benevolence (仁, **rén**) – kindness and empathy expressed through compassion, respect, and responsibility.

- virtue (德 , **dé)** – moral excellence displayed through integrity, compassion, righteousness, and self-cultivation; it guides just behavior and leadership.

- ancient rites (礼, **lǐ**) – ceremonial practices that cultivate respect, order, and moral harmony in society and relationships. In this book we sometimes use this word to refer to all the traditional ways promoted by Confucius.

- gentleman (君子, **jūnzǐ**) – someone who embodies virtue, integrity, self-discipline, and lives according to Confucian principles.

Shèngrén Kǒngzǐ

Dì 1 Zhāng

Kǒngzǐ, zhè wèi "wú wèi zhī wáng" de gùshi shì cóng
tā chūshēng qián yìbǎi nián kāishǐ, nàshí tā yéye de
fùqīn Kǒng Fángshū shēnghuó zài Zhōngguó dōngbù
de Sòngguó.

Nàshí, Zhōngguó yóu Zhōucháo (Gōngyuán qián
1045 nián – Gōngyuán qián 256 nián) tǒngzhì.
Zìcóng "Fēngshénbǎng" zhōng jiǎng de Jiāng Zǐyá hé
tā de pànluànjūn zài nà chǎng wěidà de zhànzhēng
zhōng dǎbài Shāngcháo zuìhòu yí wèi guówáng
yǐhòu, Zhōucháo yǐjīng tǒngzhì wǔbǎi nián le.

Dàn suízhe shíjiān de guòqù, Zhōuwángmen zhǐshì
zài miànshang tǒngzhì zhe tāmen de guójiā. Tāmen
tǒngzhì de fāngfǎ shì

圣人孔子

第 1 章

孔子，这位"无位之王"的故事是从他出生前一百年开始，那时他爷爷的父亲孔防叔生活在中国东部的宋国。

那时，中国由周朝（公元前 1045 年 – 公元前 256 年）统治。自从《封神榜》中讲的姜子牙和他的叛乱军在那场伟大的战争中打败商朝最后一位国王以后，周朝已经统治五百年了[1]。

但随着时间的过去，周王们只是在面上统治着他们的国家。他们统治的方法是

---

[1] This story is told in detail in the six-volume series, *The Last King of Shang*, by Jeff Pepper and Xiao Hui Wang, published by Imagin8 Press.

bǎ guójiā fēn wéi yìbǎi duō gè xiǎoguó, měi gè
xiǎoguó dōuyóu yí wèi gōngjué guǎnlǐ, bìngqiě
yǔnxǔ gōngjué guǎnlǐ zìjǐ guójiā nèi de shìqing. Dàn
wǔbǎi nián hòu, gōngjuémen biàn de fēicháng
qiángdà, Zhōuwáng yǐjīng bùnéng zuò shénme le.
Gè xiǎoguó búduàn xiānghù zài dǎzhàng, rénmen de
shēnghuó fēicháng kùnnán.

Qízhōng zuì qiángdà de xiǎoguó dàyuē yǒu shí jǐ gè.
Sòngguó jiùshì qízhōng zhī yī, tā shuō zìjǐ shì
Shāngcháo de hòudài. Kǒng Fángshū jiù shēnghuó
zài zhèlǐ.

Kǒng Fángshū shì shòu guo Rújiā jiàoyù de rén, jíbié
bǐ yìbān rén gāo yìdiǎn, yìbān zài zhèngfǔ gōngzuò.
Tā de gōngzuò shì bǎohù Sòngguó de yí wèi wángzǐ.
Dàn wángzǐ bèi shā

把国家分为一百多个小国[2]，每个小国
都由一位公爵管理，并且允许公爵管理
自己国家内的事情。但五百年后，公爵
们变得非常强大，<u>周王</u>已经不能做什么
了。各小国不断相互在打仗，人们的生
活非常困难。

其中最强大的小国大约有十几个。<u>宋国</u>
就是其中之一，它说自己是<u>商朝</u>的后
代。<u>孔防叔</u>就生活在这里。

<u>孔防叔</u>是受过<u>儒家</u>教育的人，级别比一
般人高一点，一般在政府工作。他的工
作是保护<u>宋国</u>的一位王子。但王子被杀

---

[2] These were vassal states under the nominal authority of the Zhou king.
The correct term for them is 诸侯国 (zhū hóu guó), where 诸侯 means
"feudal lord" and 国 means "state" or "kingdom." To keep the language
simple in this book, we just call them 国, or "states," and we call the
rulers of these states 公爵 (gōngjué), or "dukes."

le, hěn duō rén rènwéi Kǒng Fángshū yīnggāi gèng hǎo de bǎohù wángzǐ. Kǒng Fángshū yīnwèi yǒu shēngmìng wēixiǎn ér táozǒu le. Tā qù le línguó Lǔguó, zài nàlǐ jiéhūn, yǒu le yí gè jiā.

Gōngyuán qián 620 nián zuǒyòu, Kǒng Fángshū de sūnzi Shūliáng Hé chūshēng. Shūliáng Hé gāodà yǒulì, shì yí wèi yǒumíng de zhànzhēng yīngxióng. Tīngshuō tā hé yí duì shìbīng zài yí shàn dà kāi de chóngchóng dàmén xià jìnrù le yí zuò dírén de chéngshì. Tāmen bù zhīdào zhè shì yí gè xiànjǐng. Dàmén shì dírén dǎkāi de, tāmen de jìhuà shì bǎ xiǎoduì kùn zài lǐmiàn bìngqiě shāsǐ tāmen. Shìbīngmen jìnqù hòu, dírén jiù kāishǐ bǎ dàmén fàngxià. Shūliáng kàndào dàmén bèi fàng le xiàlái. Tā fàngxià wǔqì, yòng shǒu jǔqǐ dàmén, ràng tā de xiǎoduì zài dàmén guānbì zhīqián táolí.

Shūliáng yǒu shí gè háizi. Jiǔ gè shì nǚ'ér, dōu shì hé tā de qīzi shēng de. Tā hái yǒu yí gè qiè shēng de ér

了，很多人认为孔防叔应该更好地保护王子。孔防叔因为有生命危险而逃走了。他去了邻国鲁国，在那里结婚，有了一个家。

公元前 620 年左右，孔防叔的孙子叔梁纥出生。叔梁纥高大有力，是一位有名的战争英雄。听说他和一队士兵在一扇大开的重重大门下进入了一座敌人的城市。他们不知道这是一个陷阱。大门是敌人打开的，他们的计划是把小队困在里面并且杀死他们。士兵们进去后，敌人就开始把大门放下。叔梁看到大门被放了下来。他放下武器，用手举起大门，让他的小队在大门关闭之前逃离。

叔梁有十个孩子。九个是女儿，都是和他的妻子生的。他还有一个妾生的儿

zi, dàn nàge érzi yīnwèi jiǎo yǒu bìng, bùnéng zǒulù.
Suízhe Shūliáng de niánlíng yuè lái yuè dà, tā
fēicháng xīwàng yǒu yí gè jiànkāng de érzi zài tā
sǐhòu lái jiē zhège jiā, bìngqiě jìnxíng jìbài zǔxiān
yíshì. Tā de qīzi zài yě shēng bù chū háizi le, suǒyǐ
Shūliáng zài zhǎo yí gè gèng niánqīng de xīn qīzi.

Liùshí duō suì de shíhou, tā qù jiàn le yí gè xìng Yán
de línjū, tā yǒu sān gè méiyǒu jiéhūn de nǚ'ér.
Shūliáng yāoqiú hé qízhōng de yí gè nǚ'ér jiéhūn,
bùguǎn shì nǎ yí gè. Yán duì nǚ'érmen shuō,
"Shūliáng shēngāo shí chǐ, yǒu jǔ dǐng de lìqi. Suīrán
tā niánlíng dà le, bù róngyì xiāngchǔ, dàn wǒ xiǎng
nǐmen bú huì duì tā zhège zhàngfu bù mǎnyì de.
Nǐmen shuí yuànyì hé tā jiéhūn?"

Liǎng gè dà nǚ'ér shénme yě méi shuō. Dàn zuìxiǎo
de jiào Zhēngzài de nǚhái, dǒngde xiàodào. Tā huídá
shuō, "Fù

子，但那个儿子因为脚有病，不能走路。随着叔梁的年龄越来越大，他非常希望有一个健康的儿子在他死后来接这个家，并且进行祭拜祖先仪式。他的妻子再也生不出孩子了，所以叔梁在找一个更年轻的新妻子。

六十多岁的时候，他去见了一个姓颜的邻居，他有三个没有结婚的女儿。叔梁要求和其中的一个女儿结婚，不管是哪一个。颜对女儿们说，"叔梁身高十尺，有举鼎的力气。虽然他年龄大了，不容易相处，但我想你们不会对他这个丈夫不满意的。你们谁愿意和他结婚？"

两个大女儿什么也没说。但最小的叫征在的女孩，懂得孝道。她回答说，"父

qīn, zhè shì nǐ ānpái de. Nǐ wèishénme hái yào wèn wǒmen yào bu yào zhège?" Tā tóngyì hé Shūliáng jiéhūn.

#

Yí wèi yǒumíng de lìshǐ xuéjiā xiě dào, Shūliáng hé Zhēngzài shì zài "yěwài" zài yìqǐ de, dàn tā méiyǒu shuō zhè shì shénme yìsi. Yěxǔ tāmen méiyǒu jiéhūn, huòzhě tāmen zhǐshì xǐhuan zài sēnlín lǐ zài yìqǐ, ér búshì zài chuángshàng. Wèi zhè huò zhǐshì jídù, Shūliáng de dì yī wèi qīzi hé tā de jiārén bùxiǎng yǔ Zhēngzài yǒu rènhé guānxì.

Zhēngzài fēicháng xiǎng gěi Shūliáng shēng gè érzi. Yì tiān wǎnshang, tā zuò le yí gè mèng. Wǔ kē xíngxīng de shénlíng lái

亲，这是你安排的。你为什么还要问我
们要不要这个？"她同意和<u>叔梁</u>结婚。

#

一位有名的历史学家[3]写道，<u>叔梁</u>和<u>征
在</u>是在"野外"在一起的，但他没有说
这是什么意思。也许他们没有结婚，或
者他们只是喜欢在森林里在一起，而不
是在床上。为这或只是嫉妒，<u>叔梁</u>的第
一位妻子和她的家人不想与<u>征在</u>有任何
关系。

<u>征在</u>非常想给<u>叔梁</u>生个儿子。一天晚
上，她做了一个梦。五颗行星的神灵来

---

3 The historian was Sima Qian, whose book, *Records of the Grand
Historian* (史记, shǐjì), is the primary source of information about this
period of Chinese history.

jiàn tā. Gěi tā dàilái le yì zhī qílín, zhè shì yì zhǒng shénqí de dòngwù, shuō shì zài wěirén chūshēng huò sǐ shí chūxiàn. Zài tā de mèng zhōng, shénlíng gàosu Zhēngzài, tā huì shēng yí gè érzi, nàgè érzi huì chéngwéi "wú wèi zhī wáng." Tā zài qílín de jiǎo shàng jì le yì tiáo dàizi. Ránhòu tā xǐng le.

Zài zhège mèng zhīhòu bùjiǔ, Zhēngzài shēng xià le yí gè érzi, jiùshì Kǒngzǐ. Nà yì nián shì Gōngyuán qián 551 nián. Nàshí de Zhōngguó hái méiyǒu yòng wǒmen xiànzài yòng de shùzì fāngfǎ lái biǎoshì nián, dàn nà yì nián bèi jiàozuò Lǔ Xiānggōng èrshí'èr nián.

Kǒngzǐ sān suì shí, tā niánlǎo de fùqīn sǐ le. Zhǐyǒu

见她。给她带来了一只麒麟[4]，这是一种神奇的动物，说是在伟人出生或死时出现。在她的梦中，神灵告诉征在，她会生一个儿子，那个儿子会成为"无位之王。"她在麒麟的角上系了一条带子。然后她醒了。

在这个梦之后不久，征在生下了一个儿子，就是孔子[5]。那一年是公元前551年。那时的中国还没有用我们现在用的数字方法来表示年，但那一年被叫做鲁襄公二十二年。

孔子三岁时，他年老的父亲死了。只有

---

[4] The qilin is said to look somewhat like a giraffe. In fact, in Japanese and Korean, the word for giraffe is the same as the word for qilin.
[5] During his lifetime, he was called Kong Qiu, but to keep things simple, we will refer to him as Confucius throughout this book. "Kong" was his family name. "Qiu," his given name, meant "bump" and was given by his mother when she noticed a bump on the baby's head.

Zhēngzài yí gè rén zhàogù zhe zhège xiǎo nánhái, yīnwèi Shūliáng jiālǐ de qítā rén dōu bùxiǎng hé tā yǒu rènhé guānxì. Zhēngzài hé tā de érzi Kǒngzǐ shènzhì méiyǒu bèi yāoqǐng cānjiā Shūliáng de zànglǐ, Shūliáng de jiārén yě méiyǒu gàosu tāmen tā bèi máizàng zài nǎlǐ. Kǒngzǐ zhǐ néng zài duōnián hòu cái zhīdào zhèxiē xìnxī, zhèyàng tā cái néng bǎ mǔqīn máizàng zài tā fùqīn shēnbiān.

Kǒngzǐ míngbai tā chūshēng de yuányīn shì tā de fùqīn xiǎng yào yí gè érzi lái wèi tā hé tā de zǔxiān jǔxíng jìbài yíshì. Yěxǔ zhèng shì yīnwèi zhège yuányīn, zhège xiǎo nánhái bǎ suǒyǒu de shíjiān dōu fàng zài jìbài yíshì shàng. Dāng qítā háizi wán wánjù shí, Kǒngzǐ yòng chúfáng lǐ de pánzi hé wǎn zài sìmiào yíshì shàng wán, jiù hǎoxiàng tāmen shì sìmiào lǐ yòng de dōngxi.

"Shíwǔ suì shí, wǒ yìxīn xuéxí," tā hòulái gàosu tā de túdì. Tā yìshēng xiǎng yào de shì ràng Zhōngguó

征在一个人照顾着这个小男孩，因为叔梁家里的其他人都不想和她有任何关系。征在和她的儿子孔子甚至没有被邀请参加叔梁的葬礼，叔梁的家人也没有告诉他们他被埋葬在哪里。孔子只能在多年后才知道这些信息，这样他才能把母亲埋葬在他父亲身边。

孔子明白他出生的原因是他的父亲想要一个儿子来为他和他的祖先举行祭拜仪式。也许正是因为这个原因，这个小男孩把所有的时间都放在祭拜仪式上。当其他孩子玩玩具时，孔子用厨房里的盘子和碗在寺庙仪式上玩，就好像它们是寺庙里用的东西。

"十五岁时，我一心学习，"他后来告诉他的徒弟。他一生想要的是让中国

huí dào Zhōucháo gāng kāishǐ de huángjīn shídài, nàshí guówáng réncí, rénmen shēnghuó zài hépíng zhōng.

#

Kǒngzǐ zhǎngdà hòu hé tā fùqīn yíyàng shì yí gè fēicháng gāodà de rén, shēngāo chāoguò liù chǐ. Tā shíjiǔ suì jiéhūn, dàn tā hé qīzi de hūnyīn què bú shùnlì. Tā hòulái gàosu tā de túdìmen, "Nǚrén xiàng púrén yíyàng, hěn nán dédào tāmen de huānxǐ. Duì tāmen hǎo, tāmen jiù huì lìyòng nǐ. Hé tāmen yuǎnlí, tāmen jiù huì shēngqì." Hòulái, Kǒngzǐ hé tā de qīzi zài tāmen sìshí duō suì de shíhou jiù fēnkāi le. Tā méiyǒu zài jiéhūn.

Tāmen yǒu sān gè háizi. Dì yī gè shì nánhái, yīnwèi Lǔ Zhāogōng zài háizi chūshēng shí sòng gěi Kǒngzǐ yì tiáo dà yú zuòwéi lǐwù, suǒyǐ háizi míng jiào Bóyú. Tāmen de

回到周朝刚开始的黄金时代，那时国王仁慈，人们生活在和平中。

#

孔子长大后和他父亲一样是一个非常高大的人，身高超过六尺。他十九岁结婚，但他和妻子的婚姻却不顺利。他后来告诉他的徒弟们，"女人像仆人一样，很难得到她们的欢喜。对她们好，她们就会利用你。和她们远离，她们就会生气。"后来，孔子和他的妻子在他们四十多岁的时候就分开了。他没有再结婚。

他们有三个孩子。第一个是男孩，因为鲁昭公在孩子出生时送给孔子一条大鱼作为礼物，所以孩子名叫伯鱼。他们的

dì èr gè háizi shì nǚhái, hěn xiǎo de shíhou jiù sǐ le.
Dì sān gè yěshì nǚhái, zhǎngdà hòu hé Kǒngzǐ de yí
gè túdì jié le hūn.

Hòulái, Kǒngzǐ gàosu tā de túdìmen, yīnwèi tā
qióng, érqiě chūshēng zài yí gè jíbié bù gāo de jiālǐ,
tā bùnéng xiàng gāo jíbié jiā de niánqīngrén nàyàng
róngyì dédào zhèngfǔ gōngzuò, suǒyǐ tā bìxū xuéxí
hěn duō bùtóng de dōngxi.

第二个孩子是女孩，很小的时候就死了。第三个也是女孩，长大后和<u>孔子</u>的一个徒弟结了婚。

后来，<u>孔子</u>告诉他的徒弟们，因为他穷，而且出生在一个级别不高的家里，他不能像高级别家的年轻人那样容易得到政府工作，所以他必须学习很多不同的东西。

Dì 2 Zhāng

Kǒngzǐ de dì yī fèn gōngzuò shì zài zhèngfǔ liángshí cāngkù zuò guǎnlǐ. Tā zǐxì jìxià liángshí de jìnchū, bǎ tāmen jì zài zhútiáo shàng. Tā hái yìzhí zhàogù zhe liángshí, yǐ bǎozhèng liángshí méiyǒu bèi lǎoshǔ chī diào. Tā hòulái shuō, "Wǒ bìxū zǐxì jìxià. Zhè shì wǒ guānxīn de."

Tā de shàngjí kàndào tā gōngzuò zuò de hěn hǎo, jiù gěi le tā lìng yí gè gèng zhòngyào de gōngzuò, guǎnlǐ zhèngfǔ de dòngwù. "Niú yáng bìxū yòu féi yòu qiángzhuàng," tā shuō. "Zhè shì wǒ guānxīn de."

Tā èrshí duō suì de shíhou zài zuò zhèxiē gōngzuò, dàn tā duì gǔdài de shū, lǐyí hé shīgē gèng gǎn xìngqù. Yīnwèi dàduōshù rén bú rènshi zì, lǐyí hé shīgē jiù chéngwéi le jiàoyù tāmen de zhòngyào fāngfǎ. Jīngguò jǐ nián de xuéxí, Kǒngzǐ duì gǔdài de lǐyí hé shīgē de liǎojiě

第 2 章

<u>孔子</u>的第一份工作是在政府粮食仓库做管理。他仔细记下粮食的进出，把它们记在竹条上。他还一直照顾着粮食，以保证粮食没有被老鼠吃掉。他后来说，"我必须仔细记下。这是我关心的。"

他的上级看到他工作做得很好，就给了他另一个更重要的工作，管理政府的动物。"牛羊必须又肥又强壮，"他说。"这是我关心的。"

他二十多岁的时候在做这些工作，但他对古代的书、礼仪和诗歌更感兴趣。因为大多数人不认识字，礼仪和诗歌就成为了教育他们的重要方法。经过几年的学习，<u>孔子</u>对古代的礼仪和诗歌的了解

bǐ rènhé rén dōu duō. Hǎo jǐ gè niánqīngrén chéngwéi le tā de túdì.

Yí gè míng jiào Zǐlù de niánqīngrén lái kàn Kǒngzǐ, shuō tā yǒu yì bǎ shénqí fēnglì de jiàn. Kǒngzǐ huídá shuō, "Yǒu le zhè bǎ jiàn, zài jiā shàng jiàoyù, nǐ jiù huì biàn de cōngming."

Zǐlù shuō, "Wǒ kěyǐ kǎnxià yì gēn zhúzi, yòng wǒ de dāo bǎ tā nòngjiān, ránhòu dédào yì gēn kěyǐ shāsǐ xīniú de chángmáo. Jiàoyù néng bāngzhù wǒ zuò dào zhè yì diǎn ma?"

Kǒngzǐ huídá shuō, "Rúguǒ nǐ shòu guo jiàoyù, nǐ jiù huì zhīdào nǐ kěyǐ zài nà gēn zhúzi shàng fàng shàng jīnshǔ jiān, bǎ tā biànchéng jiàn, zhè shì bǐ jiàn gèng qiángdà de wǔqì."

Zhè ràng Zǐlù hěn chījīng, tā chéngwéi le Kǒngzǐ zuìzǎo tú

比任何人都多。好几个年轻人成为了他的徒弟。

一个名叫子路的年轻人来看孔子，说他有一把神奇锋利的剑。孔子回答说，"有了这把剑，再加上教育，你就会变得聪明。"

子路说，"我可以砍下一根竹子，用我的刀把它弄尖，然后得到一根可以杀死犀牛的长矛。教育能帮助我做到这一点吗？"

孔子回答说，"如果你受过教育，你就会知道你可以在那根竹子上放上金属尖，把它变成箭，这是比剑更强大的武器。"

这让子路很吃惊，他成为了孔子最早徒

dì zhōng de yí gè.

#

Zài zhè duàn shíjiān lǐ, Zhōngguó de shēnghuó hěn bù róngyì. Xǔduō xiǎoguójiān búduàn fāshēng zhànzhēng. Kǒngzǐ yánjiū guo zǎonián de Zhōucháo, nàshí de Zhōngguó shì yí gè qiángdà ér hépíng de guójiā. Tā rènwéi gǔdài de guówáng yǐ zhìhuì hé měidé tǒngzhì guójiā, dàn tā nàge shídài de tǒngzhìzhě què wàngjì le zěnme zuò dào zhè yì diǎn. Kǒngzǐ rènwéi, rúguǒ tā nénggòu xuéxí suǒyǒu gǔdài lǐyí, bìng bǎ tāmen dài huí Zhōngguó, Zhōngguó huì biànchéng yí gè gèng hǎo de dìfāng.

Yúshì Kǒngzǐ yánjiū gǔdàirén de fāngfǎ, hòulái tā gàosu tā de túdì, zhè shì gěi shìjiè dàilái zhìhuì yǔ hépíng de fāngfǎ.

Suízhe Kǒngzǐ jìnrù sānshí suì hé tā de zhīshi de zēng

弟中的一个。

#

在这段时间里，<u>中国</u>的生活很不容易。许多小国间不断发生战争。<u>孔子</u>研究过早年的<u>周朝</u>，那时的<u>中国</u>是一个强大而和平的国家。他认为古代的国王以智慧和美德统治国家，但他那个时代的统治者却忘记了怎么做到这一点。<u>孔子</u>认为，如果他能够学习所有古代礼仪，并把它们带回<u>中国</u>，<u>中国</u>会变成一个更好的地方。

于是<u>孔子</u>研究古代人的方法，后来他告诉他的徒弟，这是给世界带来智慧与和平的方法。

随着<u>孔子</u>进入三十岁和他的知识的增

jiā, zhèngfǔ de gāo jíbié guānyuán duì tā yǒu le xìngqù. Lǔguó de chéngxiàng Mèng Xīzǐ rènwéi Kǒngzǐ kěnéng yǒuyòng. Jiù zài Mèng Xīzǐ sǐ zhīqián, tā gàosu jiē tā wèi de rén, rènmìng Kǒngzǐ wéi wèi zhèngfǔ fúwù de xuézhě.

Lǔ Dìnggōng shì Lǔ Xiānggōng de érzi, shì Lǔguó xiànzài de tǒngzhìzhě. Tā jīngcháng yǔ Kǒngzǐ tánhuà, xiàng tā qǐngjiào. Tā gěi Kǒngzǐ qián, zhèxiē qián gòu Kǒngzǐ shēnghuó le, Mèng Xīzǐ de liǎng gè érzi yě chéngwéi le tā de túdì.

Kǒngzǐ sānshísān suì nà nián, Lǔ Dìnggōng yǔnxǔ tā qù Zhōucháo de shǒudū Luòyáng. Tā dédào le yí liàng mǎchē hé liǎng pǐ mǎ, tā zǒu le liǎngbǎi duō lǐ lù, yòng le jǐ zhōu shíjiān cái lái dào Luòyáng. Tā de jǐ gè túdì yě jiārù le tā de lǚxíng, tāmen yòu zuò shìwèi yòu zuò xuéshēng.

Luòyáng shì Zhōngguó de wénhuà zhōngxīn. Zài zhèlǐ, Zhōuwáng

加，政府的高级别官员对他有了兴趣。鲁国的丞相孟僖子认为孔子可能有用。就在孟僖子死之前，他告诉接他位的人，任命孔子为为政府服务的学者。

鲁定公是鲁襄公的儿子，是鲁国现在的统治者。他经常与孔子谈话，向他请教。他给孔子钱，这些钱够孔子生活了，孟僖子的两个儿子也成为了他的徒弟。

孔子三十三岁那年，鲁定公允许他去周朝的首都洛阳。他得到了一辆马车和两匹马，他走了两百多里路，用了几周时间才来到洛阳。他的几个徒弟也加入了他的旅行，他们又做侍卫又做学生。

洛阳是中国的文化中心。在这里，周王

men jǔxíng guo gǔlǎo de jìbài zǔxiān yíshì, jìbài guo tiāntáng. Kǒngzǐ yánjiū sìmiào, kàn lǐyí, tīng shīgē, yòng tā zìjǐ de quánbù nénglì qù xuéxí suǒyǒu de zhīshi, zhèyàng tā cái néng bǎ zhèxiē wénhuà zhìhuì dài huí Lǔguó.

Luòyáng de dàchénmen jiàndào Kǒngzǐ dōu hěn gāoxìng. Qízhōng yí wèi shuō, "Tā shuōhuà shí, chēngzàn gǔdài de guówáng. Tā qiānxùn yǒu lǐmào. Tā tīng de zǐxì, bìngqiě jìzhù le yíqiè. Tā bú jiùshì xiànzài de xīn shèngrén ma?"

#

Zài cānguān Luòyáng de lù shàng, Kǒngzǐ qù jiàn le huángjiā túshūguǎn de guǎnlǐ. Zhège rén jiào Lǐ Ěr, dàn zài tā sǐ hòu, tā bèi jiàozuò Lǎozǐ, shì "Dàodéjīng" de zuò

们举行过古老的祭拜祖先仪式，祭拜过天堂。孔子研究寺庙，看礼仪，听诗歌，用他自己的全部能力去学习所有的知识，这样他才能把这些文化智慧带回鲁国。

洛阳的大臣们见到孔子都很高兴。其中一位说，"他说话时，称赞古代的国王。他谦逊有礼貌。他听得仔细，并且记住了一切。他不就是现在的新圣人吗？"

# # #

在参观洛阳的路上，孔子去见了皇家图书馆的管理。这个人叫李耳，但在他死后，他被叫做老子，是《道德经》的作

zhě, zhè shì Dàojiào zhōng zuì zhòngyào de yì běn shū.

Liǎng rén hěn xiǎngshòu tāmen jiànmiàn de shíjiān, jiànmiàn jìxù le hǎo jǐ gè xiǎoshí. Lǐ Ěr niánlíng dà le, duì cháotíng shēnghuó bù mǎnyì. Tā gàosu Kǒngzǐ, "Cōngming de rén, dāng tā de shídài lái dào shí, tā huì suí fēng ér xíng. Dàn dāng tā de shídài guòqù shí, tā jiù huì biàn de xiàng yí piàn gān yèzi."

Lǐ Ěr tīng Kǒngzǐ shuō yào ràng gǔdài de lǐyí chóngxīn huílái, bìng bù tóngyì zhè yìdiǎn. Tā shuō, "Zài héshì de shíjiān, jūnzǐ huì yǒu dòngzuò. Rúguǒ búshì héshì de shíjiān, tā jiù huì xiàng fēng zhōng de huīchén yíyàng zǒu zìjǐ de lù.

者，这是<u>道教</u>中最重要的一本书[6]。

两人很享受他们见面的时间，见面继续了好几个小时。<u>李耳</u>年龄大了，对朝廷生活不满意。他告诉<u>孔子</u>，"聪明的人，当他的时代来到时，他会随风而行。但当他的时代过去时，他就会变得像一片干叶子。"

<u>李耳</u>听<u>孔子</u>说要让古代的礼仪重新回来，并不同意这一点。他说，"在合适的时间，君子会有动作。如果不是合适的时间，他就会像风中的灰尘一样走自己的路。

---

[6] During his life, he was known as Li Er (李耳, Lǐ Ěr), where 李 was his family name and 耳 meant "ear." After his death he became known as Laozi (老子), or "Great Lord." The name "Lao Tzu" first appeared in English-language texts in the 18th to 19th centuries, when Wade–Giles romanization was the standard system used by Western scholars in China.

"Wǒ tīngshuō, cōngming de mǎimàirén bǎ tā de bǎobèi cáng qǐlái, hǎoxiàng tā de cāngkù kōng le yíyàng, ér zuìgāo měidé de rén kànqǐlái jiǎndān érqiě bù cōngming. Fàngxià nǐ de jiāo'ào hé yùwàng, fàngxià nǐ hěn yúchǔn de xíguàn hé yuǎndà de jìhuà. Tāmen duì nǐ méiyǒu yòng."

Lǐ Ěr yě kàndào Kǒngzǐ jīngcháng yǔ rén zhēnglùn, jiéguǒ bǎ péngyou biànchéng le dírén. Tā shuō, "Dāng yí gè cōngmingrén pīpíng biérén shí, huì bǎ zìjǐ de shēngmìng fàng dào wēixiǎn zhōng. Yí gè shòu guo jiàoyù de rén tán biérén de ruòdiǎn shì wēixiǎn de." Kànlái Kǒngzǐ bìng méiyǒu tīng zhège jiànyì, zài tā de yìshēng zhōng, tā jīngcháng fāxiàn zìjǐ chǔ zài dà máfan zhōng.

Kǒngzǐ hé Lǐ Ěr kàn shìjiè de fāngfǎ fēicháng bùtóng. Kǒngzǐ xiāngxìn gǔdài de dōngxi, Lǐ Ěr xiāngxìn jiǎndān de fāngfǎ. Kǒngzǐ yào zūnshǒu gǔdài lǐyí, dàn Lǐ Ěr xiāngxìn wèi wúwéi. Kǒngzǐ duì yòng jiàoyù lái bāngzhù qítā rén gǎn

"我听说，聪明的买卖人把他的宝贝藏起来，好像他的仓库空了一样，而最高美德的人看起来简单而且不聪明。放下你的骄傲和欲望，放下你很愚蠢的习惯和远大的计划。它们对你没有用。"

李耳也看到孔子经常与人争论，结果把朋友变成了敌人。他说，"当一个聪明人批评别人时，会把自己的生命放到危险中。一个受过教育的人谈别人的弱点是危险的。"看来孔子并没有听这个建议，在他的一生中，他经常发现自己处在大麻烦中。

孔子和李耳看世界的方法非常不同。孔子相信古代的东西，李耳相信简单的方法。孔子要遵守古代礼仪，但李耳相信为无为。孔子对用教育来帮助其他人感

xìngqù, dàn Lǐ Ěr zhǐ duì zūnshǒu Dào gǎn xìngqù.

Hòulái, Kǒngzǐ gàosu tā de túdì, "Niǎo, wǒ zhīdào tāmen huì fēi. Yú, wǒ zhīdào tāmen huì yóu. Dòngwù, wǒ zhīdào tāmen huì pǎo. Huì pǎo de kěyǐ bèi wǎng zhuāzhù, huì yóu de kěyǐ yòng xiàn zhuāzhù, huì fēi de kěyǐ yòng jiàn zhuāzhù. Dàn wǒ méiyǒu bànfǎ lǐjiě lóng shì zěnme suí fēng shàng tiān de. Jīntiān wǒ jiàndào le Lǐ Ěr. Tā jiù xiàng lóng yíyàng."

Zài zhè cì yǒumíng de jiànmiàn hòu bùjiǔ, Lǐ Ěr jiù líkāi le tā de túshūguǎn guǎnlǐ de gōngzuò. Tā líkāi le Luòyáng, qù le mányí zhī dì de běibù biānjìng. Yǒurén shuō, yí gè shìwèi rènchū le tā. Shìwèi yāoqiú Lǐ Ěr zài líkāi Zhōngguó zhīqián yòng xiē shíjiān xiěxià tā de xiǎngfǎ. Lǐ Ěr tóngyì le, nàxiē xiěxià de dōngxi jiùshì wǒmen zhīdào de "Dàodéjīng," dào jīntiān réngrán bèi wǒmen jìzhù.

兴趣，但李耳只对遵守道感兴趣。

后来，孔子告诉他的徒弟，"鸟，我知道它们会飞。鱼，我知道它们会游。动物，我知道它们会跑。会跑的可以被网抓住，会游的可以用线抓住，会飞的可以用箭抓住。但我没有办法理解龙是怎么随风上天的。今天我见到了李耳。他就像龙一样。"

在这次有名的见面后不久，李耳就离开了他的图书馆管理的工作。他离开了洛阳，去了蛮夷之地的北部边境。有人说，一个侍卫认出了他。侍卫要求李耳在离开中国之前用些时间写下他的想法。李耳同意了，那些写下的东西就是我们知道的《道德经》，到今天仍然被我们记住。

Dì 3 Zhāng

Kǒngzǐ huí dào Lǔguó, jìxù zuò Lǔ Dìnggōng de
gùwèn, zhèshí de Lǔ Dìnggōng yǐjīng shì lǎorén le.
Dàn yí gè xiǎng bu dào de máfan lái le.

Liǎng gè láizì Lǔguó de guìzú, yīnwèi dòujī ér
fāshēng le zhēnglùn. Qízhōng yì rén wǔrǔ le Lǔ
Dìnggōng. Lǔ Dìnggōng tīngshuō le zhè jiàn shì,
mìnglìng zhuā zhège rén. Dàn zhège rén shì qiángdà
ér yòu xǐhuan zhǎo máfan de Jìsūnshì jiāzú de rén.

Kǒngzǐ bù xǐhuan Jìsūnshì de yuányīn yǒu hěn duō.
Tā niánqīng shí, yǒu yí cì xiǎng qù cānjiā Jìsūnshì de
yànhuì. Dàn Jìsūnshì bú ràng tā jìnqù, shuō, "Zhè shì
jūnzǐ yànhuì. Nǐ méiyǒu bèi yāoqǐng." Zhè kěnéng
jiùshì wèishénme Kǒngzǐ jiàoyù wǒmen shuō, nǐ de
zhīshi bǐ nǐ fùmǔ shì shuí gèng zhòngyào.

第 3 章

孔子回到鲁国，继续做鲁定公的顾问，这时的鲁定公已经是老人了。但一个想不到的麻烦来了。

两个来自鲁国的贵族，因为斗鸡而发生了争论。其中一人侮辱了鲁定公。鲁定公听说了这件事，命令抓这个人。但这个人是强大而又喜欢找麻烦的季孙氏家族的人。

孔子不喜欢季孙氏的原因有很多。他年轻时，有一次想去参加季孙氏的宴会。但季孙氏不让他进去，说，"这是君子宴会。你没有被邀请。"这可能就是为什么孔子教育我们说，你的知识比你父母是谁更重要。

Tā hái bù xǐhuan Jìsūnshì jiāzú de rén, yīnwèi tāmen bù zūnshǒu gǔdài lǐyí. Tā jìde zài Jìsūnshì jiāzú jǔxíng de yí cì lǐyí huódòng zhōng, tā kàndào Jìsūnshì ràng bā pái tiàowǔ de rén zài tāmen de gōngtíng lǐ biǎoyǎn. Zhè ràng Kǒngzǐ hěn shēngqì. Tā zhīdào, zài gǔdài de lǐyí zhōng, zhǐyǒu guówáng cái néng yǒu bā pái rén tiàowǔ. Tā gàosu tā de túdì, "Rúguǒ zhèyàng dōu kěyǐ róngrěn, hái yǒu shénme bùnéng róngrěn de ne?"

Lǔ Dìnggōng ràng shìbīng qù zhuā zhège Jìsūnshì rén. Dàn ràng tā méiyǒu xiǎngdào de shì, lìngwài liǎng gè jiāzú zhīchí Jìsūnshì, Lǔ Dìnggōng de shìbīng bèi dǎbài. Lǔ Dìnggōng bùdébù táozǒu, jiéshù le tā èrshíwǔ nián de tǒngzhì. Tā táo dào le Qíguó, Kǒngzǐ dānxīn tā de shēngmìng ānquán, yě gēnzhe tā qù le nàlǐ.

#

他还不喜欢季孙氏家族的人，因为他们不遵守古代礼仪。他记得在季孙氏家族举行的一次礼仪活动中，他看到季孙氏让八排跳舞的人在他们的宫廷里表演。这让孔子很生气。他知道，在古代的礼仪中，只有国王才能有八排人跳舞。他告诉他的徒弟，"如果这样都可以容忍，还有什么不能容忍的呢？"

鲁定公让士兵去抓这个季孙氏人。但让他没有想到的是，另外两个家族支持季孙氏，鲁定公的士兵被打败。鲁定公不得不逃走，结束了他二十五年的统治。他逃到了齐国，孔子担心他的生命安全，也跟着他去了那里。

#

Zài Kǒngzǐ hé tā de túdìmen qù Qíguó de lùshàng, tāmen yùdào le yí gè nǚrén zài lùbiān kū. Kǒngzǐ wèn, "Nǐ wèishénme kū ne?"

Tā huídá shuō, "Wǒ zhàngfu de fùqīn zài zhèlǐ bèi lǎohǔ chī le. Ránhòu wǒ zhàngfu bèi lǎohǔ chī le. Xiànzài wǒ de érzi yě bèi lǎohǔ chī le."

Kǒngzǐ wèn, "Qīn'ài de nǚrén, nǐ wèishénme bú jiù zhèyàng líkāi, qù bié de dìfāng shēnghuó ne?"

Tā zhǐshì shuō, "Zhèlǐ méiyǒu bàojūn tǒngzhì."

Kǒngzǐ diǎndian tóu. Tā zhuǎnshēn duì túdìmen shuō, "Jìzhù zhè yì diǎn! Bàojūn bǐ lǎohǔ gèng huài."

在孔子和他的徒弟们去齐国的路上，他们遇到了一个女人在路边哭。孔子问，"你为什么哭呢？"

她回答说，"我丈夫的父亲在这里被老虎吃了。然后我丈夫被老虎吃了。现在我的儿子也被老虎吃了。"

孔子问，"亲爱的女人，你为什么不就这样离开，去别的地方生活呢？"

她只是说，"这里没有暴君统治。"

孔子点点头。他转身对徒弟们说，"记住这一点！暴君比老虎更坏[7]。"

---

[7] The expression "苛政猛于虎" (kē zhèng měng yú hǔ), meaning "oppressive government is fiercer than a tiger," has became a proverb in Chinese political thought, cited throughout Chinese history as an argument against tyranny and for moral governance. Emperor Wen (汉文帝) of the Han Dynasty said, "The people fear harsh rule more than wild beasts. Let us lighten their burdens and win their hearts."

#

Yì kāishǐ, Kǒngzǐ xǐhuan shēnghuó zài Qíguó. Tā juéde, tā zài gōngtíng zhōng tīngdào de yīnyuè jīhū yǔ gǔdài zuì kāishǐ guówáng tán de yīnyuè xiāngtóng. Tā yánjiū Qíguó de lǐyí xíguàn, bìng yǔ nàlǐ de xuézhě chéngwéi le péngyou.

Tā hái xiàng Qíguó de tǒngzhìzhě Qí Jǐnggōng tíchū jiànyì. Tā gěi Qí Jǐnggōng jiǎng le yí gè gùshi, tā jiǎng le yí wèi gǔdài guówáng jiěfàng le yí gè núlì bìng ràng tā chéngwéi yǒu quánlì de dàchén de gùshi. Tā shuō, "Zhè shuōmíng tā shìhé zuò guówáng, ér bù zhǐshì yí gè zhēngfúzhě." Kǒngzǐ xīwàng tōngguò zhè zhǒng fāngfǎ xiàng Qí Jǐnggōng shuōmíng, xuǎnzé dàchén zuì hǎo shì ànzhào tāmen de nénglì, ér búshì tāmen de jiāzú guānxì.

Qí Jǐnggōng wèi Kǒngzǐ tígōng le yí fèn guǎnlǐ chéngshì de gōng

#

一开始，<u>孔子</u>喜欢生活在<u>齐国</u>。他觉得，他在宫廷中听到的音乐几乎与古代最开始国王弹的音乐相同。他研究<u>齐国</u>的礼仪习惯，并与那里的学者成为了朋友。

他还向<u>齐国</u>的统治者<u>齐景公</u>提出建议。他给<u>齐景公</u>讲了一个故事，他讲了一位古代国王解放了一个奴隶并让他成为有权力的大臣的故事。他说，"这说明他适合做国王，而不只是一个征服者。"<u>孔子</u>希望通过这种方法向<u>齐景公</u>说明，选择大臣最好是按照他们的能力，而不是他们的家族关系。

<u>齐景公</u>为<u>孔子</u>提供了一份管理城市的工

zuò. Dàn Kǒngzǐ jùjué le. Tā gàosu gēnsuí tā de rén, "Wǒ yǐjīng xiàng Qí Jǐnggōng tíchū le jiànyì, dàn tā hái méiyǒu tīng. Xiànzài tā xiǎng gěi wǒ zhè fèn gōngzuò. Tā yì diǎn dōu bù liǎojiě wǒ!"

Jǐnguǎn Qí Jǐnggōng hěn xǐhuan yǔ Kǒngzǐ tánhuà, dàn tā de chéngxiàng què bǎ Kǒngzǐ kànchéng shì yì zhǒng wēixié. Liǎng rén zài Qí Jǐnggōng de gōngtíng zhōng zhēngduó quánlì, tāmen zài Qí Jǐnggōng miànqián yòng lǐmào de yǔyán xiānghù wǔrǔ.

Yǒu yì tiān, yí wèi gāo jíbié dàchén zài yǔ Qí Jǐnggōng de jiànmiàn shí chídào le. Qí Jǐnggōng wèn tā wèishénme chídào. Zhè wèi dàchén shuō, tā chídào shì yīnwèi tā yào jiějué yí gè ànjiàn, zǔzhǐ yí gè rén bèi cuòwù de shāsǐ. Qí Jǐnggōng hé chéngxiàng dōu rènwéi zhè hěn hǎo de jiěshì le zhège rén chídào de yuányīn.

Qí Jǐnggōng wèn Kǒngzǐ zěnme xiǎng. Kǒngzǐ méiyǒu chēngzàn dà

作。但孔子拒绝了。他告诉跟随他的
人，"我已经向齐景公提出了建议，但
他还没有听。现在他想给我这份工作。
他一点都不了解我！"

尽管齐景公很喜欢与孔子谈话，但他的
丞相却把孔子看成是一种威胁。两人在
齐景公的宫廷中争夺权力，他们在齐景
公面前用礼貌的语言相互侮辱。

有一天，一位高级别大臣在与齐景公的
见面时迟到了。齐景公问他为什么迟
到。这位大臣说，他迟到是因为他要解
决一个案件，阻止一个人被错误地杀
死。齐景公和丞相都认为这很好地解释
了这个人迟到的原因。

齐景公问孔子怎么想。孔子没有称赞大

chén, ér shì shuō, "Rúguǒ fǎlǜ qīngchu, rènmìng le duì de guānyuán, jiù bú huì fāshēng zhè zhǒng qíngkuàng. Dāng dàchén bìxū zǔzhǐ zhè zhǒng cuòwù de qíngkuàng shí, zhè biǎoshì zhìdù yǐjīng huài le. Gāo jíbié dàchén bù yīnggāi zìjǐ jiějué xiǎoshì. Tāmen de zérèn shì bǎozhèng héshì de rén zài héshì de wèizi, ràng zhèngyì jìxù wúzǔ."

Qí Jǐnggōng duì zhè gǎndào chījīng. Tā shuō, "Wǒ huà shuō de tài zǎo le. Dàn rúguǒ wǒ méiyǒu shuō de tài zǎo, wǒ jiù tīng bu dào dàshī de jiàodǎo."

#

Hòulái, Qí Jǐnggōng xiǎng yào juédìng shuí yīnggāi jiē tā de gōngzuò. Tā yǒu yí gè érzi shì tàizǐ, dàn zhège érzi bú huì guǎnlǐ guójiā. Qí Jǐnggōng hái yǒu yí gè xiǎo érzi, shì qiè shēng de, bǐjiào nénggàn. Qí Jǐnggōng rènwéi, ràng xiǎo érzi zuò xià yí gè gōngjué kěnéng huì gèng hǎo.

臣，而是说，"如果法律清楚，任命了对的官员，就不会发生这种情况。当大臣必须阻止这种错误的情况时，这表示制度已经坏了。高级别大臣不应该自己解决小事。他们的责任是保证合适的人在合适的位子，让正义继续无阻。"

齐景公对这感到吃惊。他说，"我话说得太早了。但如果我没有说得太早，我就听不到大师的教导。"

# # #

后来，齐景公想要决定谁应该接他的工作。他有一个儿子是太子，但这个儿子不会管理国家。齐景公还有一个小儿子，是妾生的，比较能干。齐景公认为，让小儿子做下一个公爵可能会更好。

Tā bùnéng kěndìng, yúshì xiàng Kǒngzǐ qǐngjiào. Kǒngzǐ huídá shuō, dà érzi yīnggāi shì xià yí gè gōngjué. Tā shuō, "Rúguǒ tǒngzhìzhě zài zìjǐ jiālǐ méiyǒu biāozhǔn, tā zěnme néng gōngzhèng de tǒngzhì guójiā ne?"

Qí Jǐnggōng xiǎng le xiǎng. Tā wèn Kǒngzǐ, rúguǒ bù zūnshǒu gǔdài lǐyí, huì fāshēng shénme. Guójiā huì bu huì kànqǐlái qiángdà, dàn lǐmiàn què biàn ruò, biàn fǔlàn? Yěxǔ rénmen huì jìxù yòng liángshí jiāoshuì, cāngkù huì fàngmǎn. "Dànshì," tā shuō, "jíshǐ wǒ yǒu liángshí, wǒ néng chī ma?" Huàn yí jù huà jiǎng, rúguǒ zhèngfǔ biàn ruò, biàn fǔlàn, gōngjué hái néng jìxù zài wángwèi shàng ma?

Kǒngzǐ cōngming de xuǎnzé bù huídá zhège wèntí.

#

Qí Jǐnggōng rènwéi shì shíhou gěi Kǒngzǐ yí fèn gèng zhòngyào de

他不能肯定，于是向孔子请教。孔子回答说，大儿子应该是下一个公爵。他说，"如果统治者在自己家里没有标准，他怎么能公正地统治国家呢？"

齐景公想了想。他问孔子，如果不遵守古代礼仪，会发生什么。国家会不会看起来强大，但里面却变弱、变腐烂？也许人们会继续用粮食交税，仓库会放满。"但是，"他说，"即使我有粮食，我能吃吗？"换一句话讲，如果政府变弱、变腐烂，公爵还能继续在王位上吗？

孔子聪明地选择不回答这个问题。

齐景公认为是时候给孔子一份更重要的

gōngzuò le, nà jiùshì guǎnlǐ Qíguó de yí gè dìfāng.

Zhè duì chéngxiàng lái shuō shì bùnéng róngrěn de.

Tā gàosu Qí Jǐnggōng, Kǒngzǐ duì gǔdài de guówáng hé lǐyí liǎojiě hěn duō, dàn duì shíjì de shìjiè què shénme dōu bù zhīdào. Chéngxiàng shuō, "Kǒngzǐ zhǐshì yí gè yàofàn de, xíngzǒu zài gègè dìfāng, shuō xiē dàhuà. Tā guānxīn wàimiàn kàn shàngqù de yàngzi hé chuān de yīfu, gǔdài de lǐyí, zuòshì de fāngfǎ hé xíguàn. Dàn yìshēng de shíjiān dōu xué bù wán tā suǒyǒu de guīzé. Rúguǒ wǒmen tīng tā de jiànyì, rénmen jiù huì shòukǔ."

Zhè huà gǎibiàn le Qí Jǐnggōng de xiǎngfǎ. Tā duì Kǒngzǐ biàn de bú nàme yǒuhǎo le. Tā bú zài yǔ Kǒngzǐ gōngkāi shuōhuà, tā rènwéi Kǒngzǐ dédào le tài duō de zūnzhòng hé quánlì. "Wǒ lǎo le," Qí Jǐnggōng gàosu tā. "Wǒ bùnéng zài yòng nǐ le." Kǒngzǐ zài gōngtíng zhōng de jíbié bèi jiàngdī, bìng bèi quàn líkāi.

工作了，那就是管理齐国的一个地方。这对丞相来说是不能容忍的。他告诉齐景公，孔子对古代的国王和礼仪了解很多，但对实际的世界却什么都不知道。丞相说，"孔子只是一个要饭的，行走在各个地方，说些大话。他关心外面看上去的样子和穿的衣服、古代的礼仪、做事的方法和习惯。但一生的时间都学不完他所有的规则。如果我们听他的建议，人们就会受苦。"

这话改变了齐景公的想法。他对孔子变得不那么友好了。他不再与孔子公开说话，他认为孔子得到了太多的尊重和权力。"我老了，"齐景公告诉他。"我不能再用你了。"孔子在宫廷中的级别被降低，并被劝离开。

Hòulái, Kǒngzǐ duì tā de túdì shuō, "Bù yīnggāi shuōhuà de shíhou shuōhuà, jiùshì yúchǔn. Yīnggāi shuōhuà de shíhou bù shuōhuà, jiùshì bù chéngshí. Bù zhīdào shàngjí xīnqíng de shíhou shuōhuà, jiùshì yǎnjing xiā le."

Kǒngzǐ zhīdào le shàngjí de xīnqíng, tā méiyǒu shénme huà kěyǐ duì Qí Jǐnggōng huò dàchénmen shuō. Zhǐhǎo líkāi le.

后来，<u>孔子</u>对他的徒弟说，"不应该说话的时候说话，就是愚蠢。应该说话的时候不说话，就是不诚实。不知道上级心情的时候说话，就是眼睛瞎了。"

<u>孔子</u>知道了上级的心情，他没有什么话可以对<u>齐景公</u>或大臣们说。只好离开了。

Dì 4 Zhāng

Kǒngzǐ huí dào Lǔguó. Nà shì Gōngyuán qián 517 nián, tā sānshísì suì. Dào le Lǔguó, tā kàndào de qíngkuàng bǐ yǐqián zhù zài nàlǐ shí gèng huài. Lǔ Zhāogōng niánlíng dà le, tā de dà bùfen quánlì dōu bèi sān gè qiángdà de jiāzú ná zǒu. Tāmen shì kòngzhì Lǔguó dà bùfen dìfāng de Jìsūnshì, hái yǒu Mèngsūnshì hé Shūsūnshì.

Jìsūnshì bù zūnzhòng gǔdài lǐyí, zhè ràng Kǒngzǐ hěn shēngqì. Tā bù xǐhuan de yìxiē shìqing kànqǐlái zhǐshì xiē xiǎoshì. Lìrú, zài yí cì yíshì shàng, tāmen chàng le yì shǒu gē, gē zhōng shuō guówáng de dàolái. Dàn guówáng què zài jǐ bǎi lǐ zhī wài. Kǒngzǐ rènwéi zhè shì duì shàngtiān de wǔrǔ.

Duì Kǒngzǐ lái shuō, wèntí bù zhǐshì zài lǐyí shàng chàng cuò le gē. Tā dānxīn zhège xiǎoguó hái chū le qítā shénme

第 4 章

孔子回到鲁国。那是公元前 517 年，他三十四岁。到了鲁国，他看到的情况比以前住在那里时更坏。鲁昭公年龄大了，他的大部分权力都被三个强大的家族拿走。他们是控制鲁国大部分地方的季孙氏，还有孟孙氏和叔孙氏。

季孙氏不尊重古代礼仪，这让孔子很生气。他不喜欢的一些事情看起来只是些小事。例如，在一次仪式上，他们唱了一首歌，歌中说国王的到来。但国王却在几百里之外。孔子认为这是对上天的侮辱。

对孔子来说，问题不只是在礼仪上唱错了歌。他担心这个小国还出了其他什么

wèntí. Rúguǒ Jìsūnshì rén lián chàng zhèngquè de gē dōu bù zhīdào, tāmen yòu zěnme zhīdào zěnyàng zài cāngkù cún liángshí, zěnyàng xiàng rénmen shōu héshì de shuì, zěnyàng xiǎoxīn biānjìng de mányí? Duì Kǒngzǐ lái shuō, wàngjì gǔdài lǐyí jiùshì wàngjì zěnme yòng zhìhuì hé réncí qù tǒngzhì guójiā de dì yī bù.

Kǒngzǐ bùxiǎng yǔ Jìsūnshì huò Lǔguó zhèngfǔ de qítā rén yǒu rènhé guānxì. Tā líkāi le tā de gōngzuò, zài jiēxiàlái de shíwǔ nián lǐ zuò le jiàoyù hé xiěshū de gōngzuò.

#

Lǔ Zhāogōng méiyǒu bànfǎ zǔzhǐ Jìsūnshì wánquán kòngzhì Lǔguó, yúshì táo dào le Qíguó. Jìsūnshì jìxù yǐ gōngjué zhī míng tǒngzhì guójiā, rènmìng tā zìjǐ de dàchén bìng kòngzhì zhèngfǔ.

问题。如果季孙氏人连唱正确的歌都不知道，他们又怎么知道怎样在仓库存粮食，怎样向人们收合适的税，怎样小心边境的蛮夷？对孔子来说，忘记古代礼仪就是忘记怎么用智慧和仁慈去统治国家的第一步。

孔子不想与季孙氏或鲁国政府的其他人有任何关系。他离开了他的工作，在接下来的十五年里做了教育和写书的工作。

#

鲁昭公没有办法阻止季孙氏完全控制鲁国，于是逃到了齐国。季孙氏继续以公爵之名统治国家，任命他自己的大臣并控制政府。

Yǒurén wèn Kǒngzǐ wèishénme méiyǒu zuò rènhé shìqing lái zǔzhǐ zhè zhǒng qíngkuàng. Tā huídá shuō, "Wǒ shì yí gè xiàozǐ. Wǒ shì yí gè yǒu zérèn de xiōngdì." Tā juéde tā yǒu zérèn ànzhào gǔdài de shēnghuó fāngfǎ shēnghuó, jiāo rénmen zhèngquè de shēnghuó fāngfǎ. Rúguǒ qítā rén kàndào tā zuòshì de fāngfǎ, bìng xiàng tā yíyàng zuò, wèntí jiù bù cúnzài le, shìjiè jiù huì biàn de gèng měihǎo.

Měi dāng tā tándào zhèngfǔ shí, dōu shì wèi le jiàodǎo tā de túdì. Tā gàosu guo tāmen, "Dāng zhèngfǔ hǎo de shíhou, jiù yào wèi qióng gǎndào xiūchǐ. Dāng zhèngfǔ bù hǎo shí, jiù yào wèi fù gǎndào xiūchǐ."

#

Yǒu yì tiān, Kǒngzǐ zuò mǎchē zǒu zài yì tiáo lùshàng. Zài tā de qiánmiàn, tā kàndào yí gè xiǎo nánhái zhèngzài lù zhōngjiān jiàn yí zuò yǒu chéngqiáng de xiǎochéng. Kǒngzǐ tíngxià mǎ

有人问孔子为什么没有做任何事情来阻止这种情况。他回答说，"我是一个孝子。我是一个有责任的兄弟。"他觉得他有责任按照古代的生活方法生活，教人们正确的生活方法。如果其他人看到他做事的方法，并像他一样做，问题就不存在了，世界就会变得更美好。

每当他谈到政府时，都是为了教导他的徒弟。他告诉过他们，"当政府好的时候，就要为穷感到羞耻。当政府不好时，就要为富感到羞耻。"

# # #

有一天，孔子坐马车走在一条路上。在他的前面，他看到一个小男孩正在路中间建一座有城墙的小城。孔子停下马

chē, duì shàonián hǎn dào, "Nǐ wèishénme yào zài lù zhōngjiān jiànchéng? Nǐ bù zhīdào rénmen yào zài zhè tiáo lùshàng zǒu ma?"

Nánhái táitóu huídá, "Cóng gǔdài qǐ, mǎchē dōu shì rào chéng zǒu de, ér búshì chéng rào mǎchē zhuàn."

Kǒngzǐ tīng le háizi de huídá hěn chījīng, dàn yòu juéde hěn yǒuqù. Tā cóng mǎchē shàng xiàlái hé nánhái tánhuà, wèn tā yìxiē wèntí lái jiǎnchá tā de zhīshi. Nánhái měi cì dōu cōngming ér zhèngquè de huídá le tā.

Kǒngzǐ hěn chījīng, jiàodào, "Jíshǐ shì qī suì de háizi, zhìhuì yě chāoguò wǒ!" Tā zūnzhòng de xiàng nánhái jūgōng, bìng mìnglìng tā de mǎchē rào guò háizi jiàn de chéng.

Zhège háizi jiùshì Xiàng Tuó, hòulái bèi Rújiāmen rènwéi shì "értóng shèngrén." Nánhái liǎng nián hòu jiù sǐ le.

车，对少年喊道，"你为什么要在路中间建城？你不知道人们要在这条路上走吗？"

男孩抬头回答，"从古代起，马车都是绕城走的，而不是城绕马车转。"

孔子听了孩子的回答很吃惊，但又觉得很有趣。他从马车上下来和男孩谈话，问他一些问题来检查他的知识。男孩每次都聪明而正确地回答了他。

孔子很吃惊，叫道，"即使是七岁的孩子，智慧也超过我！"他尊重地向男孩鞠躬，并命令他的马车绕过孩子建的城。

这个孩子就是项橐，后来被儒家们认为是"儿童圣人。"男孩两年后就死了。

Dàn tā yǔ Kǒngzǐ de jiànmiàn biàn de hěn yǒumíng, bìng chūxiàn zài yì běn wèi értóng xiě de Rújiā zhìhuì shū "Sānzìjīng" zhōng.

#

Fùrén hé qióngrén dōu lái dào Kǒngzǐ de xuéxiào, tā suíbiàn ràng tāmen lái. "Rúguǒ yǒurén ná gānròu lái gěi wǒ, wǒ háishì huì jiāo tā," tā shuō guo zhèyàng de huà.

Tā zhǐ guānxīn zhǎodào xiǎng yào xuéxí de túdì. Tā shuō, "Rúguǒ wǒ jiāo yí kè de yí gè jiǎo, ér túdìmen méiyǒu bànfǎ nòngdǒng qítā sān gè jiǎo, nà shì tāmen de wèntí, búshì wǒ de. Wǒ bú huì zài jiǎng yí cì."

但他与<u>孔子</u>的见面变得很有名，并出现在一本为儿童写的<u>儒家</u>智慧书《<u>三字经</u>》中。

#

富人和穷人[8]都来到<u>孔子</u>的学校，他随便让他们来。"如果有人拿干肉来给我，我还是会教他，"他说过这样的话。

他只关心找到想要学习的徒弟。他说，"如果我教一课的一个角，而徒弟们没有办法弄懂其他三个角，那是他们的问题，不是我的。我不会再讲一次。"

---

8 At that time, women were generally excluded from formal education and public life. However, in later dynasties including the Han and Song, women were educated in Confucian values, though their education tended to focus on domestic duties instead of government service.

Kǒngzǐ shènzhì jiàodǎo guo yí gè jiào Zǐzhǎng de niánqīng túdì, tā zuò guo jiānyù. Kǒngzǐ xǐhuan zhège niánqīngrén, bìng ràng zìjǐ de nǚ'ér hé tā jiéhūn.

"Méiyǒu rén tīng wǒ de jiàodǎo," yǒu yí cì tā shuō. "Wǒ yīnggāi zuò shàng xiǎochuán, dài túdì yìqǐ piāo dào hǎishàng qù. Yěxǔ Zǐlù huì gēn wǒ yìqǐ qù." Zǐlù tīng le hěn gāoxìng. Kǒngzǐ jiēzhe shuō, "Zhǐyǒu tā yí gè rén huì yúchǔn de gēn wǒ qù." Qítā túdì dōu xiào le.

Kǒngzǐ de érzi Bóyú yěshì tā de túdì. Qítā yìxiē túdì xiǎng zhīdào Bóyú shì bu shì dédào le tāmen méiyǒu bànfǎ dédào de mìmì jiàodǎo. Yí wèi túdì wèn Bóyú zhè shì. Tā huídá shuō, "Yǒu yí cì wǒ zài yuànzi lǐ jiàndào wǒ fùqīn. 'Nǐ dú guo "Shījīng" ma?' tā wèn wǒ. Wǒ shuō méiyǒu. 'Rúguǒ nǐ bù yánjiū "Shījīng," nǐ jiù shénme dōu bù dǒng.' Suǒ

孔子甚至教导过一个叫子长的年轻徒
弟，他坐过监狱。孔子喜欢这个年轻
人，并让自己的女儿和他结婚。

"没有人听我的教导，"有一次他说。
"我应该坐上小船，带徒弟一起漂到海
上去。也许子路会跟我一起去。"子路
听了很高兴。孔子接着说，"只有他一
个人会愚蠢地跟我去。"其他徒弟都笑
了。

孔子的儿子伯鱼也是他的徒弟。其他一
些徒弟想知道伯鱼是不是得到了他们没
有办法得到的秘密教导。一位徒弟问伯
鱼这事。他回答说，"有一次我在院子
里见到我父亲。'你读过《诗经》
吗？'他问我。我说没有。'如果你不
研究《诗经》，你就什么都不懂。'所

yǐ wǒ yánjiū le "Shījīng." Hòulái tā wèn wǒ shì bu shì yánjiū guo "Lǐjì." Wǒ shuō méiyǒu. 'Rúguǒ nǐ bù yánjiū "Lǐjì," nǐ jiù shénme dōu bù dǒng,' wǒ fùqīn shuō. Yúshì wǒ yánjiū le 'Lǐjì.' Zhèxiē jiùshì tā gěi wǒ de mìmì jiàodǎo."

Kǒngzǐ xiě le "Shījīng." Zhè shì yì běn dàyuē yǒu sānbǎi shǒu shīgē de shū, shì tā cóng jǐ qiān shǒu liúxíng shīgē zhōng xuǎn chūlái de. Tā juéde zhèxiē shīgē cángzhe jí dà de zhìhuì, kěyǐ yòng tāmen lái gǎibiàn chàng zhèxiē shīgē rén de shēnghuó. Tā shuō, "Nǐmen de sīxiǎng zhōng búyào yǒu xié'è," zhè shì zhèxiē shīgē zhōng zuì zhòngyào de jiàodǎo.

Tā hái zhěnglǐ huò chuánshòu le lìngwài sān bù liúchuán yǐ jiǔ de jīngdiǎn, tāmen shì "Shàngshū","Lǐjì" hé "Lèjīng". Bùguò, zhèxiē shū bìngfēi tā qīnzì zhuànxiě——"Lǐjì" shì hòu rén biānzuǎn de, ér "Lè

以我研究了《诗经》。后来他问我是不是研究过《礼记》。我说没有。'如果你不研究《礼记》，你就什么都不懂，'我父亲说。于是我研究了《礼记》。这些就是他给我的秘密教导。"

孔子写了《诗经》。这是一本大约有三百首诗歌的书，是他从几千首流行诗歌中选出来的。他觉得这些诗歌藏着极大的智慧，可以用它们来改变唱这些诗歌人的生活。他说，"你们的思想中不要有邪恶，"这是这些诗歌中最重要的教导。

他还整理或传授了另外三部流传已久的经典，它们是《尚书》、《礼记》和《乐经》。不过，这些书并非他亲自撰写——《礼记》是后人编纂的，而《乐

jīng" zǎoyǐ shīchuán. Tā de túdì dúle zhèxiē shūhòu,

xué dào le qízhōng cángzhe de gǔlǎo zhìhuì.

经》早已失传。他的徒弟读了这些书后，学到了其中藏着的古老智慧。

Dì 5 Zhāng

Gōngyuán qián 510 nián, Lǔ Zhāogōng sǐ le. Nàshí, Jìsūnshì zài Lǔguó de quánlì gèng dà le. Tāmen juédìng fàngqì Lǔ Zhāogōng de érzi, xuǎn tā de dìdi Lǔ Dìnggōng wéi xīn de tǒngzhìzhě. Dàn hé gēge yíyàng, Lǔ Dìnggōng wánquán méiyǒu shíjì de quánlì. Jìsūnshì zǔzhǐ tā guǎnlǐ cháotíng de shìqing, tāmen yòng tā de míngzi fā mìnglìng.

Yí wèi Lǔguó dàchén yāoqiú yǔ Kǒngzǐ jiànmiàn, xiǎng ràng tā zuò gùwèn. Kǒngzǐ rènwéi yǔ dàchén jiànmiàn shì gè hǎo zhǔyi, rènwéi fúwù yí gè huài tǒngzhìzhě bǐ shénme dōu bú zuò yào hǎo. Tā duì Zǐlù shuō, "Tāmen ràng wǒ jiàn tāmen kěndìng shì yǒu yuányīn de."

Jǐnguǎn tā zhēn de bùxiǎng wèi Jìsūnshì gōngzuò, tā háishì qù jiàn le nà wèi dàchén. Zài hěn cháng de yí duàn shíjiān,

第 5 章

公元前 510 年，鲁昭公死了。那时，季孙氏在鲁国的权力更大了。他们决定放弃鲁昭公的儿子，选他的弟弟鲁定公为新的统治者。但和哥哥一样，鲁定公完全没有实际的权力。季孙氏阻止他管理朝廷的事情，他们用他的名字发命令。

一位鲁国大臣要求与孔子见面，想让他做顾问。孔子认为与大臣见面是个好主意，认为服务一个坏统治者比什么都不做要好。他对子路说，"他们让我见他们肯定是有原因的。"

尽管他真的不想为季孙氏工作，他还是去见了那位大臣。在很长的一段时间，

tā dōu méiyǒu zuòchū juédìng. Zuìhòu, yí wèi lǎo dàchén xiǎng yào jiàn tā, dàn Kǒngzǐ jùjué le. Cōngming de dàchén sòng gěi Kǒngzǐ yì tóu zhū zuò lǐwù, děng tā bú zài jiā shí sòngdào le tā de jiālǐ. Ànzhào Kǒngzǐ de guīzé, nà jiùshì Kǒngzǐ bìxū qù jiàn zhè wèi dàchén gǎnxiè tā.

Dàn Kǒngzǐ bǐ rènhé rén dōu gèng liǎojiě guīzé. Tā děngdào dàchén líkāi jiā, ránhòu qù le nàge rén de jiā, fāxiàn tā bú zài nàlǐ, jiù gāoxìng de zǒu le.

Búxìng de shì, tā zài huíjiā de lùshàng yùdào le dàchén. Dàchén shuō, "Qǐng gàosu wǒ, yí gè hǎorén yǒu yì kē guìzhòng de zhūbǎo, què bù gěi rènhé rén kàn, zhèyàng duì ma?"

Kǒngzǐ huídá shuō, "Búduì."

"Qǐng gàosu wǒ, yí gè rén xiǎng wèi zhèngfǔ zuòshì, dàn dāng yǒu gōngzuò jīhuì shí yìzhí jùjué, zhè shì cōngming de

他都没有做出决定。最后，一位老大臣想要见他，但孔子拒绝了。聪明的大臣送给孔子一头猪做礼物，等他不在家时送到了他的家里。按照孔子的规则，那就是孔子必须去见这位大臣感谢他。

但孔子比任何人都更了解规则。他等到大臣离开家，然后去了那个人的家，发现他不在那里，就高兴地走了。

不幸的是，他在回家的路上遇到了大臣。大臣说，"请告诉我，一个好人有一颗贵重的珠宝，却不给任何人看，这样对吗？"

孔子回答说，"不对。"

"请告诉我，一个人想为政府做事，但当有工作机会时一直拒绝，这是聪明的

zuòshì fāngfǎ ma?"

Kǒngzǐ huídá shuō, "Búshì."

Dàchén xiào le. "Rìzi yì tiāntiān guòqù. Wǒmen bú zài niánqīng le."

"Hǎo ba," Kǒngzǐ shuō, "Wǒ jiēshòu zhè fèn gōngzuò."

Dàn tā cónglái méiyǒu zuò guo zhè fèn gōngzuò. Zài tā děng de shíhou, Lǔ Dìnggōng dǎbài le Jìsūnshì bìng náhuí le Kǒngzhì de quánlì. Tā rènmìng le xīn de dàchén. Qízhōng yí wèi xīn dàchén jiùshì Zǐlù, tā shì Kǒngzǐ zuì hǎo de túdì zhī yī. Dāng Zǐlù bǎ gōngzuò jīhuì gàosu Kǒngzǐ shí, Kǒngzǐ de yìjiàn shì, "Rúguǒ nǐ qù fúwù Jìsūnshì, nǐ kěnéng huì ràng tāmen biàn de xiàng Dōngzhōu yíyàng wěidà."

Dàn zhèlǐ cángzhe yí gè yìsi. Kǒngzǐ bìng búshì yào Zǐ

做事方法吗？"

孔子回答说，"不是。"

大臣笑了。"日子一天天过去。我们不再年轻了。"

"好吧，"孔子说，"我接受这份工作。"

但他从来没有做过这份工作。在他等的时候，鲁定公打败了季孙氏并拿回了控制的权力。他任命了新的大臣。其中一位新大臣就是子路，他是孔子最好的徒弟之一。当子路把工作机会告诉孔子时，孔子的意见是，"如果你去服务季孙氏，你可能会让他们变得像东周一样伟大。"

但这里藏着一个意思。孔子并不是要子

lù bǎ Jìsūnshì biàn de gèng qiángdà. Ér shì zài tíxǐng tā, bāngzhù yí gè huài zhèngfǔ biàn de tài qiángdà shì wēixiǎn de. Nàshí, Dōngzhōu gègè xiǎoguó háishì yóu guówáng tǒngzhì, dàn tāmen méiyǒu quánlì. Gōngjué hé jiāzú yǒuzhe zhēnzhèng de quánlì. Suǒyǐ Kǒngzǐ shíjì shàng shì zài shuō, "Rúguǒ nǐ bāngzhù Jìsūnshì biàn de xiàng Dōngzhōu yíyàng qiángdà, tāmen zhǐshì zài miànshang zuò shàng le wángwèi. Zhè shì nǐ xiǎng yào de ma?" Kǒngzǐ dānxīn Zǐlù de cáinéng kěnéng huì bāngzhù Jìsūnshì biàn de gèngjiā qiángdà.

Zǐlù méiyǒu tīng zhège jiànyì, jiēshòu le zhè fèn gōngzuò. Dàn tā hěn gǎnxiè tā de lǎoshī, suǒyǐ zài Gōngyuán qián 501 nián, tā bāngzhù ānpái Kǒngzǐ zuò le Zhōngdū zǎi, Zhōngdū de zuìgāo sīfǎ guānyuán.

Shíwǔ nián hòu, Kǒngzǐ zàicì zuò le zhèngfǔ guānyuán.

#

路把季孙氏变得更强大。而是在提醒他，帮助一个坏政府变得太强大是危险的。那时，东周各个小国还是由国王统治，但他们没有权力。公爵和家族有着真正的权力。所以孔子实际上是在说，"如果你帮助季孙氏变得像东周一样强大，他们只是在面上坐上了王位。这是你想要的吗？"孔子担心子路的才能可能会帮助季孙氏变得更加强大。

子路没有听这个建议，接受了这份工作。但他很感谢他的老师，所以在公元前501年，他帮助安排孔子做了中都宰，中都的最高司法官员。

十五年后，孔子再次做了政府官员。

Zhōngdū zhège míngzi de yìsi shì "zhōngxīn chéngshì." Suīrán xiǎochéng bú dà, dàn lí shǒudū Qūfù zhǐyǒu jǐ lǐ lù. Zhè jiùshì shuō Lǔguó tǒngzhìzhě kěyǐ yìzhí kànzhe Kǒngzǐ hé tā de gōngzuò, jíshǐ zhèngmíng tā búshì yí gè hǎo de guǎnlǐrén, yě bú huì yǒu dà de wēixiǎn.

Shíjì qíngkuàng zhèngmíng, Kǒngzǐ shì yí wèi hěn hǎo de guǎnlǐrén. Tā jiàodǎo Zhōngdūrén zěnme zūnshǒu gǔdài lǐyí, zěnme zài yíshì shàng chàng zhèngquè de shīgē, zěnme ànzhào wǔ zhǒng rén yǔ rén de guānxì xiāngchǔ

• Tǒngzhìzhě duì chénmín réncí, dédào chénmín de zhōngchéng

• Fùqīn duì érzi de ài hé guānxīn, dédào érzi de xiàoxīn

• Zhàngfu duì qīzi de ài, dédào qīzi de fúcóng hé zhīchí

• Gēge duì dìdi de àixīn, dédào dìdi de

中都这个名字的意思是"中心城市。"虽然小城不大，但离首都曲阜只有几里路。这就是说鲁国统治者可以一直看着孔子和他的工作，即使证明他不是一个好的管理人，也不会有大的危险。

实际情况证明，孔子是一位很好的管理人。他教导中都人怎么遵守古代礼仪，怎么在仪式上唱正确的诗歌，怎么按照五种人与人的关系相处：

- 统治者对臣民仁慈，得到臣民的忠诚
- 父亲对儿子的爱和关心，得到儿子的孝心
- 丈夫对妻子的爱，得到妻子的服从和支持
- 哥哥对弟弟的爱心，得到弟弟的

zūnzhòng

* Péngyou zhījiān yào xiānghù xìnrèn

Tā jiàodǎo rénmen, tāmen yǔ méiyǒu shòu guo jiàoyù de rén zhījiān de qūbié jiùshì zūnzhòng zhīshi, bìng bǎ zhèxiē zhīshi jiāo gěi tāmen de háizi. Zhèxiē zhīshi hěn duō dōu zài Kǒngzǐ xiě de shū zhōng, yóuqí shì "Lǐjì," tā jiānchí ràng rénmen zūnshǒu zhèxiē shū zhōng de guīzé.

Ràng rénmen gǎndào chījīng de shì, tā yǒu xiàoguǒ le. Zhōngdū chéngwéi le yí gè hěn hǎo de xiǎochéng. Tīngshuō rúguǒ yǒurén bǎ guìzhòng de dōngxi diào zài jiēdào shàng, tā bú huì bèi tōuzǒu, ér shì huì yìzhí zài nàlǐ, zhídào diū dōngxi de rén huílái qǔ zǒu. Qítā chéngshì yě kāishǐ ànzhào Zhōngdū zhèyàng zuò.

Lǔ Dìnggōng mìnglìng Kǒngzǐ huí dào shǒudū, zài nàlǐ tā bèi rènmìng wéi Lǔguó gōnggòng gōngchéng dàchén. Zhè ràng Lǔ Dìnggōng

尊重

- 朋友之间要相互信任

他教导人们，他们与没有受过教育的人之间的区别就是尊重知识，并把这些知识教给他们的孩子。这些知识很多都在孔子写的书中，尤其是《礼记》，他坚持让人们遵守这些书中的规则。

让人们感到吃惊的是，它有效果了。中都成为了一个很好的小城。听说如果有人把贵重的东西掉在街道上，它不会被偷走，而是会一直在那里，直到丢东西的人回来取走。其他城市也开始按照中都这样做。

鲁定公命令孔子回到首都，在那里他被任命为鲁国公共工程大臣。这让鲁定公

yǒu jīhuì jīngcháng yǔ Kǒngzǐ tánhuà, tǎolùn guójiā shìqing.

Yǒu yí cì, Lǔ Dìnggōng wèn tā, "Yǒu méiyǒu yí jù kǒuhào kěyǐ ràng yí gè guójiā chénggōng?"

"Zhè búshì yí jù kǒuhào néng jiějué de," Kǒngzǐ huídá shuō, "Dàn rénmen jīngcháng shuō, 'Zuò tǒngzhìzhě hěn nán.' Rúguǒ tǒngzhìzhě míngbai zhè yì diǎn, bùxiǎng dāngrán de rènwéi tā de gōngzuò róngyì, tā kěnéng huì chénggōng."

"Nà nǐ gàosu wǒ," Lǔ Dìnggōng jìxù shuō, "Yǒu méiyǒu yí jù kǒuhào kěyǐ dǎbài yí gè guójiā?"

"Zhè búshì yí jù kǒuhào néng jiějué de," Kǒngzǐ huídá shuō, "Dàn yǒuxiē tǒngzhìzhě shuō, 'Zuò tǒngzhìzhě zhǐyǒu yí gè hǎochù, jiùshì méiyǒu rén fǎnduì wǒ.'Rúguǒ tǒngzhìzhě cōngming, zhè bú huì yǒu yǐngxiǎng. Dàn rú

有机会经常与<u>孔子</u>谈话，讨论国家事情。

有一次，<u>鲁定公</u>问他，"有没有一句口号可以让一个国家成功？"

"这不是一句口号能解决的。"<u>孔子</u>回答说，"但人们经常说，'做统治者很难。'如果统治者明白这一点，不想当然地认为他的工作容易，他可能会成功。"

"那你告诉我，"<u>鲁定公</u>继续说，"有没有一句口号可以打败一个国家？"

"这不是一句口号能解决的。"<u>孔子</u>回答说，"但有些统治者说，'做统治者只有一个好处，就是没有人反对我。'如果统治者聪明，这不会有影响。但如

guǒ tǒngzhìzhě zuò le cuòwù de shì, méiyǒu rén

fǎnduì tā, guójiā jiù huì bèi huǐ."

果统治者做了错误的事，没有人反对他，国家就会被毁。"

果统治者做了错误的事，没有人反对他，国家就会被毁。"

Dì 6 Zhāng

Gōngyuán qián 500 nián, Kǒngzǐ wǔshíyī suì, zhōngyú chéngwéi Lǔguó de gāo jíbié dàchén. Lǔguó hé tā de línjū Qíguó yǐjīng dǎ le jiǔ nián. Liǎng guó tóngyì jǔxíng huìyì jiějué tāmen zhījiān de bùhé. Tāmen zài Jiāgǔ jǔxíng le huìyì, Jiāgǔ shì liǎng guó biānjìng fùjìn yědì zhōng de yí gè xiǎochéng. Lǔ Dìnggōng qǐng Kǒngzǐ hé tā yìqǐ qù cānjiā huìyì.

Dàn Qíguó de Qí Jǐnggōng què jìhuà le yí gè xiànjǐng. Tā yòng qián ràng yìxiē xiǎochéng lǐ de mányí zài huìyì zhōng chūshǒu, zhuāzhù Lǔ Dìnggōng. Tā zhīdào Kǒngzǐ yě lái le, dàn tā shuō, "Kǒngzǐ zhǐshì yí gè xuézhě. Tā hěn ruò, méiyǒu bànfǎ zuò rènhé shìqing lái zǔzhǐ wǒmen."

Kǒngzǐ rènwéi Qíguó kěnéng zhèngzài jìhuà yí gè xiànjǐng.

第 6 章

公元前 500 年，孔子五十一岁，终于成为鲁国的高级别大臣。鲁国和它的邻居齐国已经打了九年。两国同意举行会议解决他们之间的不和。他们在夹谷举行了会议，夹谷是两国边境附近野地中的一个小城。鲁定公请孔子和他一起去参加会议。

但齐国的齐景公却计划了一个陷阱。他用钱让一些小城里的蛮夷在会议中出手，抓住鲁定公。他知道孔子也来了，但他说，"孔子只是一个学者。他很弱，没有办法做任何事情来阻止我们。"

孔子认为齐国可能正在计划一个陷阱。

"Wǒ tīngshuō, zài hépíng shídài, rénmen yīnggāi wèi zhànzhēng zuò zhǔnbèi, zài zhànzhēng shídài, rénmen yīnggāi wèi hépíng zuò zhǔnbèi," tā gàosu Lǔ Dìnggōng. Lǔ Dìnggōng tóngyì Kǒngzǐ de kànfǎ, bìng dàizhe tā de jūnduì dàchén cānjiā huìyì.

Liǎng wèi gōngjué jiànmiàn shí xiān shì xiānghù jūgōng, ránhòu tāmen zuò xiàlái kāishǐ tánhuà. Dàn bùjiǔ zhīhòu, mányí shìbīng dàizhe jiàn, dùnpái hé qítā wǔqì, qiāoxiǎng zhàngǔ, xiàng tāmen pǎo qù.

Kǒngzǐ shì yí gè hěn gāodà de rén, tā zhàn qǐlái duì Qí Jǐnggōng shuō. "Wǒmen yǒuhǎo de lái dào le zhèlǐ," tā shuō. "Yǒuhǎo de huìyì shàng, yídìng bùnéng dài wǔqì. Nà shì bù fúhé lǐyí de. Qí Jǐnggōng nǐ yídìng bùnéng zhèyàng zuò."

Qí Jǐnggōng bèi Kǒngzǐ shuō de bù hǎo yìsi. Mányí shì

"我听说，在和平时代，人们应该为战争做准备，在战争时代，人们应该为和平做准备，"他告诉鲁定公。鲁定公同意孔子的看法，并带着他的军队大臣参加会议。

两位公爵见面时先是相互鞠躬，然后他们坐下来开始谈话。但不久之后，蛮夷士兵带着剑、盾牌和其他武器，敲响战鼓，向他们跑去。

孔子是一个很高大的人，他站起来对齐景公说。"我们友好地来到了这里，"他说。"友好的会议上，一定不能带武器。那是不符合礼仪的。齐景公你一定不能这样做。"

齐景公被孔子说得不好意思。蛮夷是

tā de chénmín, suǒyǐ tā yào duì tāmen zuò de yíqiè fùzé. Tā ràng mányí líkāi tāmen de huìyì.

Xiànzài Qí Jǐnggōng chǔzài hěn ruò de dìwèi. Tā yāoqiú Lǔguó sòng sānbǎi liàng mǎchē guòqù, bāngzhù Qíguó yǔ tāmen de gòngtóng dírén zhàndòu. Kǒngzǐ tóngyì le, dàn biǎoshì Qíguó bìxū bǎ Qíguó zhīqián cóng Lǔguó nàlǐ ná zǒu de sān zuò chéngshì zhōuwéi de tǔdì huán gěi Lǔguó. Zhè duì Lǔguó lái shuō shì yì bǐ hěn hǎo de mǎimài. Tāmen dédào le tǔdì, chú le tóngyì zài jiānglái xiàng Qíguó tígōng bāngzhù wài, méiyǒu fàngqì rènhé dōngxi.

Huìyì jiéshù hòu, Qí Jǐnggōng yāoqǐng tā de Lǔguó kèrén cānjiā yì chǎng dà yànhuì, qìngzhù tāmen huòdé le xiāngtóng de yìjiàn. Dàn Kǒngzǐ shuō bù xíng. Tā gàosu Lǔ Dìnggōng, tāmen zài nàlǐ bù ānquán, xūyào mǎshàng líkāi nàge wēixiǎn de dìfāng.

他的臣民，所以他要对他们做的一切负
责。他让蛮夷离开他们的会议。

现在齐景公处在很弱的地位。他要求鲁
国送三百辆马车过去，帮助齐国与他们
的共同敌人战斗。孔子同意了，但表示
齐国必须把齐国之前从鲁国那里拿走的
三座城市周围的土地还给鲁国。这对鲁
国来说是一笔很好的买卖。他们得到了
土地，除了同意在将来向齐国提供帮助
外，没有放弃任何东西。

会议结束后，齐景公邀请他的鲁国客人
参加一场大宴会，庆祝他们获得了相同
的意见。但孔子说不行。他告诉鲁定
公，他们在那里不安全，需要马上离开
那个危险的地方。

Zhè shì Kǒngzǐ de yí cì wěidà shènglì. Wèi biǎoshì gǎnxiè, Lǔ Dìnggōng rènmìng tā wéi sīfǎ dàchén. Zhè shì Kǒngzǐ yìshēng zhōng dédào de zuìgāo jíbié.

#

Kǒngzǐ zài Lǔguó zuò sīfǎ dàchén shí, yǒu yí wèi fùqīn lái zhǎo tā. Tā zhèngzài gào tā de érzi, shuō tā de érzi tōu le línjū de guìzhòng dōngxi. Lǔ Dìnggōng zàinèi de suǒyǒu rén dōu rènwéi Kǒngzǐ huì tóngyì zhè wèi fùqīn de kànfǎ, yīnwèi xiàodào shì Kǒngzǐ jiàodǎo zhōng de zhòngyào bùfen. Dàn Kǒngzǐ bìng bù tóngyì zhè wèi fùqīn de kànfǎ. Tā bǎ fùqīn hé érzi liǎ dōu guān jìn jiānyù sān gè yuè.

Lǔ Dìnggōng duì zhè gǎndào hěn chījīng. Tā wèn Kǒngzǐ, "Nǐ yìzhí shuō, xiàodào shì nǐ jiàodǎo zhōng zuì zhòngyào de bùfen. Zhège érzi búxiào. Nǐ wèishénme bù shā le tā ne?"

这是孔子的一次伟大胜利。为表示感谢，鲁定公任命他为司法大臣。这是孔子一生中得到的最高级别。

#

孔子在鲁国做司法大臣时，有一位父亲来找他。他正在告他的儿子，说他的儿子偷了邻居的贵重东西。鲁定公在内的所有人都认为孔子会同意这位父亲的看法，因为孝道是孔子教导中的重要部分。但孔子并不同意这位父亲的看法。他把父亲和儿子俩都关进监狱三个月。

鲁定公对这感到很吃惊。他问孔子，"你一直说，孝道是你教导中最重要的部分。这个儿子不孝。你为什么不杀了他呢？"

Kǒngzǐ huídá shuō, "Shì de, érzi yīnggāi bǎohù fùqīn,
dàn fùqīn yě bìxū bǎohù érzi. Zài zhè jiàn shì zhōng,
rúguǒ wǒmen zhǐ chéngfá érzi, nà jiù méiyǒu
zhèngyì le, yīnwèi fùqīn méiyǒu zhèngquè de
jiàodǎo érzi. Fùqīn hé érzi dōu yǒu cuò. Zhè jiùshì
wèishénme wǒ gěi tāmen liǎ tóngyàng de chéngfá."

Kǒngzǐ yòng zhège jiàodǎo tāmen shuō, zérèn shì
shuāngxiàng de. Érzi yǒu fúcóng fùqīn de zérèn, dàn
fùqīn yě yǒu jiàodǎo érzi de zérèn. Tóngyàng,
chénmín yǒu fúcóng guówáng de zérèn, dàn
guówáng yě yǒu bǎohù chénmín de zérèn.

Kǒngzǐ jiǎng shàngtiān de rènmìng, yìsi jiùshì
guówáng yǒu shàngtiān de zhùfú. Dàn tā jiàodǎo
shuō, guówáng bìxū duì tāmen de chénmín
gōngzhèng réncí. Rúguǒ tāmen bú zhèyàng zuò,
shàngtiān kěyǐ shōu huí tā de rènmìng, guówáng
kěyǐ bèi tā tǒngzhì de rénmen gǎn xià wángwèi.

孔子回答说，"是的，儿子应该保护父亲，但父亲也必须保护儿子。在这件事中，如果我们只惩罚儿子，那就没有正义了，因为父亲没有正确地教导儿子。父亲和儿子都有错。这就是为什么我给他们俩同样的惩罚。"

孔子用这个教导他们说，责任是双向的。儿子有服从父亲的责任，但父亲也有教导儿子的责任。同样，臣民有服从国王的责任，但国王也有保护臣民的责任。

孔子讲上天的任命，意思就是国王有上天的祝福。但他教导说，国王必须对他们的臣民公正仁慈。如果他们不这样做，上天可以收回它的任命，国王可以被他统治的人们赶下王位。

Lǔ Dìnggōng yǒu hěn duō wèntí. Zuìdà de wèntí shì, guónèi yǒu sān gè qiángdà de jiāzú. Tāmen zài zìjǐ de chéngshì zhōuwéi jiànqǐ le gāoqiáng, bìng yǒu jūnduì bǎohù tāmen bú shòu qítā jiāzú dàilái de wēixiǎn, yě bú shòu Lǔ Dìnggōng de yǐngxiǎng. Zhèng yīnwèi zhèyàng, Lǔ Dìnggōng méiyǒu bànfǎ ràng zhèxiē jiāzú ànzhào tā de xiǎngfǎ zuòshì. Suīrán tā kěnéng yǒu shàngtiān de rènmìng, dàn zhǐyǒu dédào sān gè jiāzú de tóngyì tā cái néng zuò, fǒuzé tā méiyǒu bànfǎ zuò rènhé shìqing.

Kǒngzǐ zuòwéi sīfǎ dàchén, rènwéi zhè zhǒng qíngkuàng xūyào gǎibiàn. Gōngyuán qián 499 nián, tā jiànyì Lǔ Dìnggōng huǐ diào sān gè jiāzú shǒudū zhōuwéi de chéngqiáng, zhèyàng zhǐyǒu Lǔ Dìnggōng de chéngshì yǒu chéngqiáng. Zhè huì gěi Lǔ Dìnggōng gèng dà de quánlì, bìng fángzhǐ pànluànjūn ná xià yí gè huò duō gè zhèxiē jiāzú de chéngshì, yòng tāmen lái gōngdǎ tā.

鲁定公有很多问题。最大的问题是，国内有三个强大的家族。他们在自己的城市周围建起了高墙，并有军队保护他们不受其他家族带来的危险，也不受鲁定公的影响。正因为这样，鲁定公没有办法让这些家族按照他的想法做事。虽然他可能有上天的任命，但只有得到三个家族的同意他才能做，否则他没有办法做任何事情。

孔子作为司法大臣，认为这种情况需要改变。公元前 499 年，他建议鲁定公毁掉三个家族首都周围的城墙，这样只有鲁定公的城市有城墙。这会给鲁定公更大的权力，并防止叛乱军拿下一个或多个这些家族的城市，用它们来攻打他。

Lǔ Dìnggōng mìnglìng bǎ sān gè jiāzú chéngshì zhōuwéi de chéngqiáng dōu huǐ diào. Jìsūnshì kāishǐ yào huǐ le tāmen de chéngqiáng, dàn tāmen de yìxiē dàchén jùjué le. Tāmen lāqǐ le yì zhī jūnduì gōngdǎ Lǔguó shǒudū. Lǔ Dìnggōng táozǒu le. Kǒngzǐ mìnglìng jūnduì yǔ Jìsūnshì zhàndòu. Jìsūnshì bèi dǎbài, tāmen shǒudū de chéngqiáng bèi huǐ.

Shūsūnshì kàndào zhè zhǒng qíngkuàng, mǎshàng tóngyì huǐ diào tāmen de chéngqiáng.

Dàn dì sān gè jiāzú Mèngsūnshì jùjué le. Gōngyuán qián 498 nián 12 yuè, Lǔ Dìnggōng mìnglìng tā de jūnduì qù gōngdǎ. Dàn jūnduì méiyǒu bànfǎ tuīdǎo chéngqiáng, yúshì tāmen kāishǐ wéichéng. Wéichéng jìxù le hěn cháng shíjiān, dàn Lǔ Dìnggōng bùjiǔ hòu jiù fàngqì le wéichéng. Chéngqiáng hái zài nàlǐ, Mèngsūnshì de quánlì hái zài, ér Lǔ Dìnggōng biàn de gèng ruò le.

鲁定公命令把三个家族城市周围的城墙都毁掉。季孙氏开始要毁了他们的城墙，但他们的一些大臣拒绝了。他们拉起了一支军队攻打鲁国首都。鲁定公逃走了。孔子命令军队与季孙氏战斗。季孙氏被打败，他们首都的城墙被毁。

叔孙氏看到这种情况，马上同意毁掉他们的城墙。

但第三个家族孟孙氏拒绝了。公元前498年12月，鲁定公命令他的军队去攻打。但军队没有办法推倒城墙，于是他们开始围城。围城继续了很长时间，但鲁定公不久后就放弃了围城。城墙还在那里，孟孙氏的权力还在，而鲁定公变得更弱了。

Zhè duì Kǒngzǐ lái shuō shì yí gè fēicháng dà de shībài. Tā yǐwéi měidé huì ràng tǒngzhìzhě gōngzhèng zuòshì, dàn zài zhèlǐ, Lǔ Dìnggōng bú yuànyì huò méiyǒu bànfǎ yòng jūnduì lái dǎbài dírén.

Kǒngzǐ kàndào tā de xiǎngfǎ bìng bù zǒngshì róngyì zūnshǒu de. Tā shuō, "Rúguǒ tǒngzhìzhě zūnshǒu Dào, wǒ jiù huì chénggōng. Rúguǒ tāmen bú zhèyàng zuò, wǒ jiù huì shībài."

#

Zài biānjìng lìng yìbiān de Qíguó, Qí Jǐnggōng kāishǐ dānxīn Lǔguó. Tā kàndào le nàlǐ fāshēng de shìqing. Tā dānxīn rúguǒ Kǒngzǐ chénggōng le, Lǔ Dìnggōng huì gèng qiángdà, yīnwèi sān gè jiāzú de jūnduì huì chéngwéi Lǔ Dìnggōng de jūnduì. Jǐnguǎn Lǔguó yīnwèi yǒu Kǒngzǐ zài zhèngfǔ zhōng zuòshì, xiànzài shì yí gè hépíng de guójiā, dàn Qíguó dān

这对孔子来说是一个非常大的失败。他以为美德会让统治者公正做事，但在这里，鲁定公不愿意或没有办法用军队来打败敌人。

孔子看到他的想法并不总是容易遵守的。他说，"如果统治者遵守道，我就会成功。如果他们不这样做，我就会失败。"

#

在边境另一边的齐国，齐景公开始担心鲁国。他看到了那里发生的事情。他担心如果孔子成功了，鲁定公会更强大，因为三个家族的军队会成为鲁定公的军队。尽管鲁国因为有孔子在政府中做事，现在是一个和平的国家，但齐国担

xīn Kǒngzǐ líkāi hòu huì fāshēng shénme.

Yīncǐ, Qíguó wèi le bǎohù zìjǐ bú shòu Lǔguó dàilái de wēixiǎn, zài liǎng guó de biānjìng jiànqǐ le yí zuò shíqiáng.

Kǒngzǐ zhīdào zhè qiáng hòu hěn shēngqì. Duì tā lái shuō, zhè bù zhǐshì yì zhǒng jūnshì wēixié, gèng shì bù fúhé gǔdài lǐyí, gǔdài lǐyí yāoqiú xiǎoguó hé dàguó zhījiān yào xiānghù zūnzhòng hé réncí.

Qí Jǐnggōng xiǎng yào ràng Lǔguó biàn ruò, yúshì zài Gōngyuán qián 499 nián xiǎngchū le yí gè cōngming de jìhuà. Tā gěi Lǔ Dìnggōng sòngqù le liùshí pǐ mǎ hé bāshí gè měilì de wǔnǚ.

Lǔ Dìnggōng tīng le Kǒngzǐ de jiànyì, jùjué jiàn zhèxiē nǚhái. Dàn Jìsūnshì de shǒulǐng bìng bú ànzhào Kǒngzǐ huò gǔdài lǐyí zuò. Tā qù jiàn le nǚháimen. Tā gàosu Lǔ

心孔子离开后会发生什么。

因此，齐国为了保护自己不受鲁国带来的危险，在两国的边境建起了一座石墙。

孔子知道这墙后很生气。对他来说，这不只是一种军事威胁，更是不符合古代礼仪，古代礼仪要求小国和大国之间要相互尊重和仁慈。

齐景公想要让鲁国变弱，于是在公元前499年想出了一个聪明的计划。他给鲁定公送去了六十匹马和八十个美丽的舞女。

鲁定公听了孔子的建议，拒绝见这些女孩。但季孙氏的首领并不按照孔子或古代礼仪做。他去见了女孩们。他告诉鲁

Dìnggōng, tāmen shì tā jiàn guo de zuì piàoliang de nǚhái. Lǔ Dìnggōng tā zìjǐ yě qù jiàn le nǚháimen.

Kǒngzǐ de túdì Zǐlù jiàn zhè zhǒng qíngkuàng, shuō, "Shīfu, wǒ juéde shì shíhou líkāi le."

Kǒngzǐ huídá shuō, "Bié dānxīn. Gōngjué hěn kuài jiù huì líkāi nǚháimen, ránhòu kāishǐ jìbài tiāndì. Rúguǒ tā zhèyàng zuò le, wǒ huì jìxù wèi tā fúwù."

Dàn Lǔ Dìnggōng què bǎ jìbài tiāndì de shìqing dōu wàng le. Tā hé wǔnǚmen zài yìqǐ sān tiān. Kǒngzǐ jiàn zhè, juédìng bùnéng zài wèi Lǔ Dìnggōng gōngzuò le. Tā líkāi le tā de gōngzuò, líkāi le Lǔguó.

Chījīng de shì, Jìsūnshì de shǒulǐng bù xīwàng Kǒngzǐ líkāi, yěxǔ shì yīnwèi tā dānxīn zhè huì ràng Lǔguó biàn ruò. Yúshì tā jiào yí gè sòngxìnrén qù zhuī tā. Kǒngzǐ zài xiǎo fàndiàn lǐ guòyè, ràng sòngxìnrén kěyǐ hěn róngyì

定公，她们是他见过的最漂亮的女孩。鲁定公他自己也去见了女孩们。

孔子的徒弟子路见这种情况，说，"师父，我觉得是时候离开了。"

孔子回答说，"别担心。公爵很快就会离开女孩们，然后开始祭拜天地。如果他这样做了，我会继续为他服务。"

但鲁定公却把祭拜天地的事情都忘了。他和舞女们在一起三天。孔子见这，决定不能再为鲁定公工作了。他离开了他的工作，离开了鲁国。

吃惊的是，季孙氏的首领不希望孔子离开，也许是因为他担心这会让鲁国变弱。于是他叫一个送信人去追他。孔子在小饭店里过夜，让送信人可以很容易

jiù zhuī shàng tā. Sòngxìnrén dào le nàlǐ wèn Kǒngzǐ wèishénme yào líkāi. Kǒngzǐ huídá shuō, "Nǚrén de shétou huì ràng nánrén diū le gōngzuò. Nǚrén de huà kěnéng huì ràng nánrén diū le tā de tóu. Wǒ wèishénme bù líkāi, bìng zài wǒ zuìhòu de jǐ nián lǐ qù zuò wǒ xiǎng zuò de shì ne?"

Lǔ Dìnggōng yǐjīng bú zài tīng Kǒngzǐ de huà le. Wǔnǚmen liú le xiàlái, Kǒngzǐ líkāi le. Dàn tā bìng méiyǒu zǒu yuǎn.

就追上他。送信人到了那里问<u>孔子</u>为什么要离开。<u>孔子</u>回答说，"女人的舌头会让男人丢了工作。女人的话可能会让男人丢了他的头。我为什么不离开，并在我最后的几年里去做我想做的事呢？"

<u>鲁定公</u>已经不再听<u>孔子</u>的话了。舞女们留了下来，<u>孔子</u>离开了。但他并没有走远。

Dì 7 Zhāng

Gōngyuán qián 495 nián, Lǔ Dìnggōng sǐ le. Kǒngzǐ
nà nián wǔshíliù suì, zài guòqù sì nián zhōng, tā yìzhí
shēnghuó zài línguó Wèiguó hé Sòngguó. Tā tīngdào
zhège xiāoxi hòu huí dào le Lǔguó. Tā zài zhèngfǔ
zhōng méiyǒu zhèngshì gōngzuò, dàn tā fùzé le
máizàng gōngjué de gōngzuò.

Ànzhào gǔdài lǐyí, gōngjué sǐ hòu yīnggāi máizàng
zài qīnqi de pángbiān. Dàn cónglái bù xǐhuan Lǔ
Dìnggōng de Jìsūnshì mìnglìng bǎ tā máizàng zài
yuǎnlí tā qīnqi de dìfāng, zài mùdì de lìng yìbiān.

Zhè duì Kǒngzǐ lái shuō shì yí gè hěn nán de wèntí.
Tā bǐ rènhé rén dōu gèng liǎojiě gǔdài lǐyí, suǒyǐ tā
zhīdào shénme shì zhèngquè de zuòfǎ. Dàn tā yě
yào duì tā de shī

公元前 495 年，鲁定公死了。孔子那年五十六岁，在过去四年中，他一直生活在邻国卫国和宋国。他听到这个消息后回到了鲁国。他在政府中没有正式工作，但他负责了埋葬公爵的工作[9]。

按照古代礼仪，公爵死后应该埋葬在亲戚的旁边。但从来不喜欢鲁定公的季孙氏命令把他埋葬在远离他亲戚的地方，在墓地的另一边。

这对孔子来说是一个很难的问题。他比任何人都更了解古代礼仪，所以他知道什么是正确的做法。但他也要对他的师

---

[9] Sima Qian's *Shiji* simply says, "When Duke Ding died, Confucius returned to Lu and buried him" (定公卒，孔子反鲁，葬定公) without explaining exactly what gave him the right to do this.

fu Jìsūn fùzé.

Tā xiǎngchū le yí gè cōngming de jìhuà. Tā bǎ Lǔ Dìnggōng máizàng zài le Jìsūnshì gàosu tā de dìfāng. Dàn jiēzhe tā mìnglìng tā de rén zài mùdì de zhōuwéi wā le yì tiáo gōu, mùdì lǐmiàn yǒu Lǔ Dìnggōng, hái yǒu tā de zǔxiān. Zhè jiù fúhé le gǔdài de lǐyí, tóngshí réngrán fúcóng le Jìsūnshì.

Jìsūnshì shǒulǐng jiàn zhè, fēicháng shēngqì. Tā wèn Kǒngzǐ, zhè shì bu shì bǎohù mùdì de hùchénghé. Kǒngzǐ huídá shuō, "Zhè búshì hùchénghé. Zhè shì yì tiáo gōu. Tā biǎoshì le tǒngzhìzhě hé chénmín zhījiān de fēnlí."

Jiù zhèyàng, tā méiyǒu shuō rènhé kěnéng wǔrǔ Jìsūnshì de huà. Dàn tā qīngchu de biǎoshì, jíshǐ shì xiàng Jìsūnshì zhèyàng qǔdé le gōngjué dà bùfen quánlì de qiángdà jiā

父<u>季孙</u>负责。

他想出了一个聪明的计划。他把<u>鲁定公</u>埋葬在了<u>季孙氏</u>告诉他的地方。但接着他命令他的人在墓地的周围挖了一条沟，墓地里面有<u>鲁定公</u>，还有他的祖先。这就符合了古代的礼仪，同时仍然服从了<u>季孙氏</u>。

<u>季孙氏</u>首领见这，非常生气。他问<u>孔子</u>，这是不是保护墓地的护城河。<u>孔子</u>回答说，"这不是护城河。这是一条沟。它表示了统治者和臣民之间的分离。"

就这样，他没有说任何可能侮辱<u>季孙氏</u>的话。但他清楚地表示，即使是像<u>季孙氏</u>这样取得了公爵大部分权力的强大家

zú, réngrán shì tāmen guówáng de chénmín. Zhège huídá duì Jìsūnshì shǒulǐng lái shuō yǐjīng gòu hǎo le, suǒyǐ tā méiyǒu chéngfá Kǒngzǐ.

#

Liǎng nián hòu, Kǒngzǐ zuìhòu yí cì líkāi Lǔguó. Tā kāishǐ le shísì nián de lǚxíng, cóng yí gè xiǎoguó dào lìng yí gè xiǎoguó, xiǎng yào zhǎodào yí gè nénggòu gēnsuí tā lǐxiǎng de tǒngzhìzhě.

Tā néng qù nǎlǐ ne? Tā bùnéng xiàng nán qù Sòngguó, yīnwèi tā yéye de fùqīn yìbǎi nián qián zài nàlǐ yùdào guo máfan. Tā bùnéng xiàng běi qù Qíguó, yīnwèi Qíguó hé Lǔguó hái zài dǎzhàng. Dàn xiàng xī shì Wèiguó, Zǐlù jiějie de zhàngfu zài nàlǐ zuò dàchén, jǐ nián qián tā zài nàlǐ jiàndào guo nàlǐ de tǒngzhìzhě. Yúshì tā qù le Wèiguó.

族，仍然是他们国王的臣民。这个回答对季孙氏首领来说已经够好了，所以他没有惩罚孔子。

#

两年后，孔子最后一次离开鲁国。他开始了十四年的旅行，从一个小国到另一个小国，想要找到一个能够跟随他理想的统治者。

他能去哪里呢？他不能向南去宋国，因为他爷爷的父亲一百年前在那里遇到过麻烦。他不能向北去齐国，因为齐国和鲁国还在打仗。但向西是卫国，子路姐姐的丈夫在那里做大臣，几年前他在那里见到过那里的统治者。于是他去了卫国。

Zài qù Wèiguó de lùshàng, Kǒngzǐ yǔ tā de chēfū (kěnéng shì tā yǐqián de túdì Zǐlù) yǒu guo yí cì yǒumíng de tánhuà. Dāng tāmen qímǎ shí, chēfū wèn tā, "Nǐ wèishénme bìxū líkāi Lǔguó? Rúguǒ zhèlǐ bù zūnshǒu Dào, nàme qítā dìfāng yě huì zūnshǒu tā ma?"

Kǒngzǐ huídá shuō, "Jūnzǐ bìxū yìzhí zūnshǒu Dào. Rúguǒ Wèiguó rén bù zūnshǒu Dào, nà wǒ jiù qù bié de dìfāng zhǎo. Nándào wǒ zhǐ zài wǒ zhīdào tā huì jiéguǒ de dìfāng zhòng yì kē shù ma?"

Ránhòu tā gěi chū le zhèyàng de jiànyì, "Zūnshǒu Dào de dìfāng, yào ràng rén kàndào nǐ. Bù zūnshǒu Dào de dìfāng, jiù bǎ zìjǐ cáng qǐlái. Dàn rúguǒ nǐ zhǎo bu dào yí gè ài Dào de tǒngzhìzhě, nǐ jiù bìxū dào bié de dìfāng zhǎo. Zhè cái shì jūnzǐ yào zuò de."

在去卫国的路上，孔子与他的车夫（可能是他以前的徒弟子路）有过一次有名的谈话。当他们骑马时，车夫问他，"你为什么必须离开鲁国？如果这里不遵守道，那么其他地方也会遵守它吗？"

孔子回答说，"君子必须一直遵守道。如果卫国人不遵守道，那我就去别的地方找。难道我只在我知道它会结果的地方种一棵树吗？"

然后他给出了这样的建议，"遵守道的地方，要让人看到你。不遵守道的地方，就把自己藏起来。但如果你找不到一个爱道的统治者，你就必须到别的地方找。这才是君子要做的。"

"Nǐ hàipà ma?" Chēfū wèndào.

"Rúguǒ shìjiè shàng de rén dōu yǒu zhìhuì, wǒ jiù bù xūyào shìzhe qù gǎibiàn. Dàn shíjì bìng búshì zhèyàng de, wǒ zěnme néng zuòzhe shénme dōu bú zuò ne?"

"Nǐ huì zěnme gǎibiàn zhèlǐ de qíngkuàng?" Chēfū wèndào, tā zhīdào zài Kǒngzǐ yǎnzhōng, Wèiguó de tǒngzhìzhě shì yí gè yúchǔn de rén, tā bù shìhé tǒngzhì guójiā.

"Wǒ yào ràng rénmen fù qǐlái."

"Nà tāmen yǒu qián zhīhòu ne?"

"Wǒ huì jiàodǎo tāmen."

# # #

Kǒngzǐ dào Wèiguó shí, shòu dao le Wèiguó tǒngzhìzhě Wèi Línggōng de huānyíng.

Wèi Línggōng qǐng Kǒngzǐ zuò gùwèn, gěi de qián hé tā zài Lǔ

"你害怕吗？"车夫问道。

"如果世界上的人都有智慧，我就不需要试着去改变。但实际并不是这样的，我怎么能坐着什么都不做呢？"

"你会怎么改变这里的情况？"车夫问道，他知道在<u>孔子</u>眼中，<u>卫国</u>的统治者是一个愚蠢的人，他不适合统治国家。

"我要让人们富起来。"

"那他们有钱之后呢？"

"我会教导他们。"

<u>孔子</u>到<u>卫国</u>时，受到了<u>卫国</u>统治者<u>卫灵公</u>的欢迎。

<u>卫灵公</u>请<u>孔子</u>做顾问，给的钱和他在<u>鲁</u>

guó ná de liù wàn dàn liángshí xiāngtóng. Dàn bú dào yì nián de shíjiān, Kǒngzǐ de rìzi jiù bù hǎoguò le, kěnéng shì yīnwèi tā duì gǔdài lǐyí de zhōngchéng, zài xǐhuan xiǎngshòu de Wèi Línggōng de gōngtíng zhōng bú shòu huānyíng.

Gōngyuán qián 494 nián, qíngkuàng biàn de gèng bù hǎo le. Wèi Línggong yǒu le yí wèi xīn qīzi, yí gè míng jiào Nánzǐ de niánqīng nǔrén. Nánzǐ yǔ Wèi Línggōng de xiōngdì yǐjí Jìnguó de yí wèi dàchén dōu yǒu liànqíng, zhè yǐjīng búshì shénme mìmì le. Kǒngzǐ duì zhè gǎndào chījīng, bùxiǎng yǔ gōngjué huò tā de xīn qīzi yǒu rènhé guānxì.

Yǒu yì tiān, Nánzǐ gěi Kǒngzǐ xiě le yì fēng xìn, yāoqǐng

国拿的六万石粮食相同[10]。但不到一年的时间，孔子的日子就不好过了，可能是因为他对古代礼仪的忠诚，在喜欢享受的卫灵公的宫廷中不受欢迎。

公元前 494 年，情况变得更不好了。卫灵公有了一位新妻子，一个名叫南子的年轻女人。南子与卫灵公的兄弟以及晋国的一位大臣都有恋情，这已经不是什么秘密了。孔子对这感到吃惊，不想与公爵或他的新妻子有任何关系。

有一天，南子给孔子写了一封信，邀请

---

[10] Grain was used as a standard unit of wealth, and taxes were paid in grain. A dan (石, *dàn*) was equal to about 110 pounds of dry grain. So his annual salary was about 550 tons of grain per year. This was not all for his personal consumption, of course. It was used to feed his disciples and support ceremonial offerings and hospitality. It also served as an indicator of prestige and social rank. (*Note that in this context, 石 is pronounced dàn, not shí, and is a measure of grain, not a rock.*)

tā lái jiàn tā. Tā de túdì rènwéi zhè shì yí gè hěn huài de zhǔyi. Dàn Kǒngzǐ huídá shuō, tā yīnggāi zuò de jiù zhǐyǒu shì jiēshòu yāoqǐng. Tā rènwéi tā duì gōngjué qīzi de zérèn bǐ tā zūnshǒu chuántǒng de zérèn gèng zhòngyào. "Rúguǒ wǒ cuò le, jiù ràng shàngtiān lái píngpàn wǒ ba," tā gàosu tāmen.

Tā jiàn le Nánzǐ. Méiyǒu rén zhīdào jiànmiàn zhōng fāshēng le shénme, dàn Kǒngzǐ hěn kěnéng yòng zuì lǐmào de fāngfǎ gàosu le Nánzǐ tā duì tā de kànfǎ.

Tā zài Wèiguó yòu zhù le liǎng nián, dàn Nánzǐ yìzhí méiyǒu wàngjì tā yǔ tā de jiànmiàn, tā yòng zuì dà de lìqi ràng tā zài gōngtíng de shēnghuó biàn de kùnnan. Wèi Línggōng méiyǒu tīng Kǒngzǐ gěi tā de jiànyì. Qíngkuàng biàn de yuè lái yuè huài, Kǒngzǐ kāishǐ dānxīn zìjǐ de shēngmìng ānquán. Zuìhòu, tā hé tā de túdì tándào Wèi Línggōng, "Wǒ cónglái méiyǒu jiàn guo yí gè xiàng ài měi yíyàng ài měidé de

他来见她。他的徒弟认为这是一个很坏的主意。但孔子回答说，他应该做的就只有是接受邀请。他认为他对公爵妻子的责任比他遵守传统的责任更重要。"如果我错了，就让上天来评判我吧，"他告诉他们。

他见了南子。没有人知道见面中发生了什么，但孔子很可能用最礼貌的方法告诉了南子他对她的看法。

他在卫国又住了两年，但南子一直没有忘记她与他的见面，她用最大的力气让他在宫廷的生活变得困难。卫灵公没有听孔子给他的建议。情况变得越来越坏，孔子开始担心自己的生命安全。最后，他和他的徒弟谈到卫灵公，"我从来没有见过一个像爱美一样爱美德的

rén. Rúguǒ Dào zài zhèlǐ méiyǒu jiéguǒ, wǒ bìxū líkāi."

人。如果道在这里没有结果，我必须离
开。”

Dào nàshí, Kǒngzǐ yǐjīng jiǔ nián méiyǒu dédào rènhé zhòngyào de zhèngfǔ gōngzuò le. Tā de qián kuài méi le, érqiě tā niánlíng yě dà le. "Wǒ lǎo le," tā shuō, "hěn kuài wǒ duì rènhé rén dōu méiyǒu yòng le."

Tā jīhū cóng tā guòqù de dírén Lǔguó de Jìsūnshì nàlǐ dédào yí fèn ràng rén chījīng de gōngzuò jīhuì. Jìsūnshì de shǒulǐng yǐjīng chéngwéi le Lǔguó de chéngxiàng, tā de niánlíng yě dà le. Tā gàosu tā de dàchénmen, rúguǒ Kǒngzǐ liú xiàlái, Lǔguó huì gèng hǎo. Sǐ qián, tā mìnglìng érzi qǐng Kǒngzǐ huílái, zàicì chéngwéi dàchén.

Dàn zhè bìng méiyǒu fāshēng. Chéngxiàng sǐ le. Xīn chéngxiàng, yě jiùshì tā de érzi, bìng bùxiǎng ràng Kǒngzǐ huílái. Dàn yīnwèi duì tā fùqīn de xiàoxīn, tā gěi Kǒngzǐ fā le yì fēng xìn, shuō tāmen xīwàng tā de yí gè túdì jiārù

第 8 章

到那时，孔子已经九年没有得到任何重要的政府工作了。他的钱快没了，而且他年龄也大了。"我老了，"他说，"很快我对任何人都没有用了。"

他几乎从他过去的敌人鲁国的季孙氏那里得到一份让人吃惊的工作机会。季孙氏的首领已经成为了鲁国的丞相，他的年龄也大了。他告诉他的大臣们，如果孔子留下来，鲁国会更好。死前，他命令儿子请孔子回来，再次成为大臣。

但这并没有发生。丞相死了。新丞相，也就是他的儿子，并不想让孔子回来。但因为对他父亲的孝心，他给孔子发了一封信，说他们希望他的一个徒弟加入

zhèngfǔ, ér búshì tā. Yúshì, tā de yí wèi túdì bèi sòng qù Lǔguó, zài nàlǐ zuò le dàchén.

Kǒngzǐ méiyǒu gōngzuò. Tā hé tā de túdì dàochù zǒu. Tāmen lái dào Chǔguó, zài sēnlín zhōng lǚxíng shí. Tíng zài yì kē dà shù xià xiūxi. Fùjìn de yì qún rén zhèngzài kǎn shù, yì kē shù dǎo le xiàlái, jīhū yào le Kǒngzǐ de mìng.

Tāmen jìxù xiàng nán qù Chénguó, bìng zài nàlǐ zhù le yì nián. Zhù zài nàlǐ de shíhou, Chén Mǐngōng yào yǔ Kǒngzǐ tánhuà. Yì zhī yīng cóng tiānshàng diào xiàlái, diào rù le gōngjué de gōng zhōng. Gōngjué hé tā de guìzúmen rènwéi zhè shì yí gè bù hǎo de yùshì. Kǒngzǐ kàn le zhè zhī sǐ yīng, fāxiàn le yí gè shí jiàntóu, tā gàosu gōngjué zhè yīng shì bèi jiàn shè zhòng de. Tā shuō, "Zhè zhī niǎo búshì zhège

政府，而不是他。于是，他的一位徒弟被送去鲁国，在那里做了大臣。

孔子没有工作。他和他的徒弟到处走。他们来到楚国，在森林中旅行时。停在一棵大树下休息。附近的一群人正在砍树，一棵树倒了下来，几乎要了孔子的命。

他们继续向南去陈国，并在那里住了一年。住在那里的时候，陈闵公要与孔子谈话。一只鹰从天上掉下来，掉入了公爵的宫中。公爵和他的贵族们认为这是一个不好的预示。孔子看了这只死鹰，发现了一个石箭头，他告诉公爵这鹰是被箭射中的。他说，"这只鸟不是这个

dìfāng de niǎo. Jiàntóu shì shítou, ér búshì jīnshǔ.
Zhè jiùshì shuō tā láizì yí gè hěn yuǎn de dìfāng, yí
gè búyòng xiàn yǒu gōngjù de dìfāng. Zhè zhī niǎo lí
jiā tài yuǎn, bèi dǎxià le, jiù xiàng yí gè rén líkāi le tā
yīnggāi zài de dìfāng, suǒyǐ dài lái le bù hǎo de
jiéguǒ."

Kǒngzǐ hái rènchū le yòng lái shè yīng de jiàn. Tā shì
yóu Nǚzhēn mányí jiāzú zuò de. Fùjìn de yí dòng
fángzi lǐ hái yǒu gèng duō zhèyàng de jiàn. Yuánlái,
shì gōngjué zìjǐ de yí gè guìzú shèshā le zhè zhī yīng.

Dàn Kǒngzǐ hé tā de túdì bìng méiyǒu liú zài
Chénguó. Sān gè línguó tóngshí gōngdǎ Chénguó,
Kǒngzǐ hé tā de túdì

地方的鸟。箭头是石头，而不是金属。这就是说它来自一个很远的地方，一个不用现有工具的地方。这只鸟离家太远，被打下了，就像一个人离开了他应该在的地方，所以带来了不好的结果。"

孔子还认出了用来射鹰的箭。它是由女真蛮夷家族做的。附近的一栋房子里还有更多这样的箭。原来，是公爵自己的一个贵族射杀了这只鹰[11]。

但孔子和他的徒弟并没有留在陈国。三个邻国同时攻打陈国，孔子和他的徒弟

---

[11] There are several other versions of this story. In one, Confucius tells the Duke that the falcon flew a long distance before dying, thus assuring him that the bad omen was for another land, not Chen. And in yet another version, Confucius tells the Duke that the bird was poisoned, again reassuring him that it was not a bad omen.

men zhǐ néng táolí. Tāmen yòu lèi yòu è, huí dào le Wèiguó, què fāxiàn nàlǐ de wèntí gèng duō. Wèi Línggōng yǔ dì yī wèi qīzi de érzi xiǎng yào shā sǐ dì èr wèi qīzi Nánzǐ. Dàn shībài le, nà érzi bùdébù táozǒu. Bùjiǔ hòu, Wèi Línggōng yě sǐ le. Zhīhòu, Wèiguó fāshēng le yì chǎng zhēngduó tǒngzhì quánlì de zhànzhēng, Kǒngzǐ cōngming de kàndào zhè shì líkāi Wèiguó de shíhou le.

Wèiguó de yí wèi dàchén kàndào tā zhǔnbèi zuò mǎchē líkāi. Dàchén shēngqì de wèn tā zài zuò shénme. "Niǎo xuǎnzé shù," Kǒngzǐ huídá shuō. "Shù què bù xuǎn niǎo!"

Kǒngzǐ zhèshí yǐjīng wǔshíbā suì le. Tā xiāngxìn zìjǐ yǒngyuǎn méiyǒu bànfǎ chéngwéi yǒu quánlì de dàchén, yě yǒngyuǎn méiyǒu jīhuì ràng shìjiè kàndào tā de xiǎngfǎ shì kě zuò

们只能逃离。他们又累又饿，回到了卫国，却发现那里的问题更多。卫灵公与第一位妻子的儿子想要杀死第二位妻子南子。但失败了，那儿子不得不逃走。不久后，卫灵公也死了。之后，卫国发生了一场争夺统治权力的战争，孔子聪明地看到这是离开卫国的时候了。

卫国的一位大臣看到他准备坐马车离开。大臣生气地问他在做什么。"鸟选择树，"孔子回答说。"树却不选鸟！"

#

孔子这时已经五十八岁了。他相信自己永远没有办法成为有权力的大臣，也永远没有机会让世界看到他的想法是可做

dào de. Tā kàndào tā de xǔduō túdì, qízhōng yǒu Zǐlù, zài qítā gōngjué de dìfāng zuò zhòngyào gōngzuò. Dàn méiyǒu rén yuànyì yòng tā.

Tā rènwéi, líkāi Zhōngguó, dào běibian de mányí guójiā shēnghuó, kěnéng huì gèng hǎo. Tā de túdìmen xiào tā, shuō tā zài méiyǒu wénhuà de tǔdì shàng huì bú kuàilè. Tā huídá shuō, "Rúguǒ yí wèi jūnzǐ shēnghuó zài tāmen zhōngjiān, tāmen huì méiyǒu wénhuà duōjiǔ ne?"

Guìzú hé gōngjuémen yǒushí huì xiǎng qǐng Kǒngzǐ gōngzuò. Dàn měi yí cì, tāmen de dàchén dōu dānxīn zhè huì yǐngxiǎng dào tāmen zìjǐ de gōngzuò, suǒyǐ tāmen shuōfú tāmen de tǒngzhìzhě fàngqì zhège xiǎngfǎ.

Yīnwèi méiyǒu gōngzuò, Kǒngzǐ kāishǐ xiě shū. Tā xiě le yí bù Lǔguó suǒyǒu fāngmiàn de lìshǐ shū, tā jiào tā wéi "Chūnqiū." Tā yòng zhè běn shū jiǎng le Lǔguó tǒngzhìzhě

到的。他看到他的许多徒弟，其中有子路，在其他公爵的地方做重要工作。但没有人愿意用他。

他认为，离开中国，到北边的蛮夷国家生活，可能会更好。他的徒弟们笑他，说他在没有文化的土地上会不快乐。他回答说，"如果一位君子生活在他们中间，他们会没有文化多久呢？"

贵族和公爵们有时会想请孔子工作。但每一次，他们的大臣都担心这会影响到他们自己的工作，所以他们说服他们的统治者放弃这个想法。

因为没有工作，孔子开始写书。他写了一部鲁国所有方面的历史书，他叫它为《春秋》。他用这本书讲了鲁国统治者

zuò duì le shénme, zuò cuò le shénme, yòng zhè lái jiàodǎo jiānglái de túdì.

Tā hái yòng le hěn duō shíjiān dú "Yìjīng" zhè běn shū, yánjiū Yìjīng. Zhè běn shū xiě le liù sì zhǒng bùtóng de guàxiàng, zhèxiē guàxiàng kěyǐ yóu liù háng xiàn biànchéng, qízhōng měi yì háng huòzhě shì yì tiáo chángxiàn, huòzhě shì liǎng tiáo duǎnxiàn. Měi gè guàxiàng dōu yǒu yí gè shénmì de yìsi, kěyǐ yòng tā lái huídá wèntí.

Tā duì "Yìjīng" de xìngqù ràng tā de túdìmen gǎndào chījīng. "Shīfu," yí gè túdì wèndào, "nǐ hěnjiǔ yǐqián jiù gàosu wǒmen, duì zhèxiē shìqing gǎn xìngqù jiùshì méiyǒu měidé. Wǒ jìzhù le zhèxiē huà. Dàn xiànzài nǐ niánlíng dà le, què duì zhèxiē shìqing gǎn xìngqù. Wèishénme ne?"

做对了什么，做错了什么，用这来教导将来的徒弟。

他还用了很多时间读《易经》这本书，研究易经。这本书写了六四种不同的卦象，这些卦象可以由六行线变成，其中每一行或者是一条长线，或者是两条短线。每个卦象都有一个神秘的意思，可以用它来回答问题。

他对《易经》的兴趣让他的徒弟们感到吃惊。"师父，"一个徒弟问道，"你很久以前就告诉我们，对这些事情感兴趣就是没有美德。我记住了这些话。但现在你年龄大了，却对这些事情感兴趣。为什么呢？"

Kǒngzǐ huídá shuō, "Wǒ bùxiǎng kàndào jiānglái. Wǒ zhǐ duì zhēnxiàng gǎn xìngqù. Zhè běn shū yǒuzhe gǔdài de zhìhuì, zhè yěshì wǒ dú tā de yuányīn."

孔子回答说，"我不想看到将来。我只对真相感兴趣。这本书有着古代的智慧，这也是我读它的原因。"

Dì 9 Zhāng

Zài tā liùshíbā suì shí, Bóyú shēng le yí gè érzi, tā dāng le yéye. Dàn nà nián, Bóyú sǐ le. Kǒngzǐ jùjué gěi érzi bàn hěn guì de zànglǐ. Tā jiānchí yòng yìbān de mùtou guāncai, jǔxíng jiǎndān de zànglǐ yíshì.

Gōngyuán qián 481 nián, shēnghuó yòu gěi Kǒngzǐ dàilái le yí gè xiǎng bu dào de shì. Lǔguó xībian de yì qún lièrén zhuā dào le yì zhī qíguài de dòngwù, gōngjué qǐng Kǒngzǐ gàosu tā nà shì shénme dòngwù. Kǒngzǐ nà nián qīshí suì le, qù le nàlǐ kàn dòngwù. Dāng tā kàndào tā shí, tā kāishǐ kū le.

Nà shì yì zhī qílín. Tā zhīdào, zhège gǔlǎo de dòngwù chūxiàn zài yí wèi dà shèngrén de chūshēng huò sǐqù de shíhou. Zhè shì bu shì yùshì zhe Kǒngzǐ de shēngmìng jiù yào jiéshù?

第 9 章

在他六十八岁时，伯鱼生了一个儿子，他当了爷爷。但那年，伯鱼死了。孔子拒绝给儿子办很贵的葬礼。他坚持用一般的木头棺材，举行简单的葬礼仪式。

公元前 481 年，生活又给孔子带来了一个想不到的事。鲁国西边的一群猎人抓到了一只奇怪的动物，公爵请孔子告诉他那是什么动物。孔子那年七十岁了，去了那里看动物。当他看到它时，他开始哭了。

那是一只麒麟。他知道，这个古老的动物出现在一位大圣人的出生或死去的时候。这是不是预示着孔子的生命就要结束？

Tā gèng zǐxì de kàn le zhè zhī dòngwù. Tā de jiǎo shàng jìzhe yì tiáo jiù dàizi. Zhè shì tā mǔqīn zài tā chūshēng qián zuò dào de mèng. "Qílín lái le," Kǒngzǐ hǎn dào, "Wǒ de shídài jiéshù le!"

Bùjiǔ zhīhòu, Kǒngzǐ bìng de hěn zhòng, kěnéng shì yīnwèi kàndào le qílín, dàn hòulái tā de bìng hǎo le. Dàn liǎng nián hòu, tā yòu bìng le. Yǒu yì tiān, tā de túdì fāxiàn tā yòng guǎizhàng zài mànman de zǒu zhe, chàngzhe zhèyàng yì shǒu gē:

"Tàishān bēngtā.
Dàliáng duàn.
Yǒu zhìhuì de rén yǐ lǎo qù."

Tā zuìhòu de huà shì zhèyàng de:

Méiyǒu zhìhuì de guówáng dàolái.
Shìjiè shàng méiyǒu rén huì ràng wǒ chéngwéi tā de shīfu.

他更仔细地看了这只动物。它的角上系着一条旧带子。这是他母亲在他出生前做到的梦。"麒麟来了，"孔子喊道，"我的时代结束了！"

不久之后，孔子病得很重，可能是因为看到了麒麟，但后来他的病好了。但两年后，他又病了。有一天，他的徒弟发现他用拐杖在慢慢地走着，唱着这样一首歌：

"泰山崩塌。

大梁断。

有智慧的人已老去。"

他最后的话是这样的：

没有智慧的国王到来。

世界上没有人会让我成为他的师父。

Xiànzài shì wǒ sǐ de shíhou le.

#

Zài tā sǐ hòu, tā de jiàodǎo tōngguò tā de túdì hé xuézhě jìxù le xiàqù. Dàn zài Zhànguó shíqī de liǎngbǎi wǔshí nián lǐ, tā bú xiàng Dàojiào hé Fǎjiā nàyàng yǒumíng.

Zuìhòu, Zhànguó shíqī zài Gōngyuán qián 221 nián jiéshù, Qínguó zhànshèng le suǒyǒu qítā guójiā. Qíncháo zhǐ jìxù le shíwǔ nián, dàn duìyú Rújiā lái shuō, què shì yí gè kěpà de shíqī. Qíndì jìnzhǐ yíqiè guānyú Kǒngzǐ de jiàodǎo shū, jǐ bǎi míng Rújiā xuézhě bèi shā.

Gōngyuán qián 206 nián, Qínguó hěn kuài bèi huàn chéng Hàncháo, shìqing fāshēng le biànhuà. Rújiā sīxiǎng bèi xuǎn wéi Hàncháo de zhéxué, tǒngzhì le sìbǎi duō nián. Hàn zhèngfǔ jiàn le Rújiā xuéxiào, bìng yāoqiú suǒyǒu xiǎng yào zài zhèngfǔ zhōng dédào gōngzuò de rén dōu yào xuéxí Rújiā de shū. Rújiā sī

现在是我死的时候了。

#

在他死后，他的教导通过他的徒弟和学者继续了下去。但在战国时期的两百五十年里，它不像道教和法家那样有名。

最后，战国时期在公元前 221 年结束，秦国战胜了所有其他国家。秦朝只继续了十五年，但对于儒家来说，却是一个可怕的时期。秦帝禁止一切关于孔子的教导书，几百名儒家学者被杀。

公元前 206 年，秦国很快被换成汉朝，事情发生了变化。儒家思想被选为汉朝的哲学，统治了四百多年。汉政府建了儒家学校，并要求所有想要在政府中得到工作的人都要学习儒家的书。儒家思

xiǎng shēnrù dào Zhōngguó rén de shēnghuó zhōng.

Zài jiēxiàlái de liǎngqiān nián lǐ, Rújiā sīxiǎng búduàn fāzhǎn, tā hái jiājìn le Dàojiào hé Fójiào de sīxiǎng. Jīntiān, tā shì Zhōngguó hé suǒyǒu Dōngyà guójiā zuì zhòngyào de zhéxué.

想深入到<u>中国</u>人的生活中。

在接下来的两千年里，<u>儒家</u>思想不断发展，它还加进了<u>道教</u>和<u>佛教</u>的思想。今天，它是<u>中国</u>和所有<u>东亚</u>国家最重要的哲学。

Confucius the Sage

Chapter 1

The story of Confucius, the "king without a throne," begins a hundred years before his birth, when his great-grandfather Kong Fangshu lived in the state of Song in eastern China.

At that time, China was ruled by the Zhou Dynasty (1045 to 256 BC). The Zhou had been in power for five hundred years, ever since Jiang Ziya and his rebel army defeated the last king of the Shang Dynasty in the great war described in the novel *The Investiture of the Gods*.

But over time, the Zhou kings ruled their country in name only. Their method of governing was to divide the country into over a hundred smaller states, put a duke in charge of each one, and allow the dukes to manage affairs within their own state. But after five hundred years, the dukes had become so powerful that the king could do nothing. The states were constantly fighting each other, making life very difficult for the people.

About a dozen of these states were the strongest. One of these was Song, which claimed to be descended from the Shang Dynasty. This was where Kong Fangshu lived.

Kong Fangshu was a *rú*, an educated person, just above the rank of the common people, who usually worked for the government. His job was to protect one of the Song princes. But the prince was killed, and many people believed that Kong Fangshu should have done a better job protecting the prince. Kong Fangshu fled for his life. He traveled to the neighboring state of Lu, where he married and had a family.

Around 620 BC, Kong Fangshu's grandson, Shuliang He, was

born. Shuliang He was a big and powerful man, a famous war hero. It was said that he and a squad of soldiers entered an enemy city by walking under a heavy open gate. They did not know it was a trap. The gate had been raised up by the enemy, who planned to trap the squad inside and kill them. Once the soldiers were inside, the enemy started to lower the gate to the ground. Shuliang saw the gate coming down. He dropped his weapon and held up the gate with his hands, allowing his squad to escape before the gate closed.

Shuliang had ten children. Nine were daughters, all with his wife. He also had a son with a concubine, but the son could not walk due to a foot problem. As Shuliang became older, he desperately wanted a healthy son to take over the family and perform the ancestor worship rites after he was gone. His wife could not have any more children, so Shuliang went searching for a new, younger wife.

When he was in his late 60's, he went to see a neighbor, a man named Yan, who had three unmarried daughters. Shuliang asked to marry one of the daughters, he did not care which one. Yan told his daughters, "Shuliang is ten feet tall and has the strength to lift a cauldron. Although he is old and difficult, I do not think you would be dissatisfied with him as a husband. Which of you would marry him?"

The two older daughters said nothing. But the youngest, a teenager named Zhengzai, understood filial piety. She replied, "Father, this is from you. Why do you even ask if we want this?" She agreed to marry Shuliang.

#

A famous historian wrote that Shuliang and Zhengzai came together "in the wilds" but he did not say what this meant. Maybe they were unmarried, or maybe they just enjoyed being together in the forest instead of in their bed. For this reason or simply out of jealousy, Shuliang's first wife and her family wanted nothing to do with Zhengzai.

Zhengzai desperately wanted to give Shuliang a son. One night she had a dream. She was visited by the spirits of the five planets. They brought her a qilin, a magical animal which according to legend appears at the birth or death of a great person. In her dream, the spirits told Zhengzai that she would have a son who would be a "king without a throne." She tied a ribbon around the qilin's horn. Then she woke up.

Soon after the dream, Zhengzai gave birth to a son, Confucius. The year was 551 BC. At that time China did not have a method for numbering the years as we do now, but the year was known as the 22nd year of Duke Xiang of Lu.

When Confucius was three years old, his elderly father died. Now Zhengzai was the only one who cared for the young boy, since the rest of Shuliang's family wanted nothing to do with her. Zhengzai and her son Confucius were not even invited to Shuliang's funeral, and the family did not tell them where he was buried. Confucius had to learn this information many years later so that he could bury his mother next to his father.

Confucius understood the reason for his birth was that his father wanted a son to perform the rituals to honor him and his ancestors. Perhaps for that reason, the young boy devoted all his time to worship and ritual. While other children played with toys, Confucius played at temple ceremonies, using plates and bowls from the kitchen and pretending they were things used in a temple.

"At fifteen years of age, I set my heart on learning," he later told his disciples. The goal of his life was to bring China back to the golden age of the early Zhou Dynasty, when kings were kind and the people lived in peace.

Confucius grew up to be a very big man like his father, well over six feet tall. He married when he was nineteen, but he and his wife had a difficult marriage. He later told his disciples, "A woman, like a servant, cannot be pleased. Show them kindness and they take advantage. Keep your distance and they become angry." Later, when Confucius and his wife were in their forties, they divorced. He did not remarry.

They had three children. The first, a boy, was named Top Fish because the Duke of Lu gave Confucius a large fish as a gift when the child was born. Their second child, a girl, died young. The third, also a girl, lived to be an adult and married one of Confucius's disciples.

Later, Confucius told his disciples that because he was poor and born in a low rank, he could not get a government job as easily as young men from higher rank families, and so he had to learn many different things.

Chapter 2

Confucius' first job was as a manager in a government grain warehouse. He kept careful records of the grain coming in and going out, making notes on bamboo strips. He also kept an eye on the grain to make sure mice were not eating it. He later said, "I had to keep careful records. That is all I cared about."

His superiors saw he was good at his job, so he was given another more important job, managing the government's herds of animals. "The cattle and sheep must be fat and strong," he said. "That is all I cared about."

He worked at these jobs during his twenties, but he was more interested in ancient writings, rituals, and songs. Since most people could not read, rituals and songs were important methods for educating them. After a few years of study, Confucius knew more about ancient rituals and songs than anyone else. Several young people became his disciples.

One young man, named Zilu, came to see Confucius and told him he had a wonderful sharp sword. Confucius replied, "That, plus an education, will make you smart."

Zilu said, "I can cut down a strip of bamboo, sharpen it with my knife, and have a spear that can bring down a rhino. How will education help me do that?"

Confucius replied, "If you had an education, you would know that you could put a metal tip on that bamboo and turn it into an arrow, which is a more powerful weapon than a sword."

Zilu was impressed, and became one of Confucius' first disciples.

# # #

During these times, life in China was difficult. There were constant wars among the many small states. Confucius had studied the early years of the Zhou Dynasty, when China was a strong and peaceful country. He believed that the ancient kings ruled with wisdom and virtue, but the rulers of his own time had forgotten how to do this. If Confucius could learn everything about the ancient rites and bring them back, he thought, China would be a much better place.

So Confucius studied the ways of the ancients, and later he taught his disciples that this was the way to bring wisdom and peace to the world.

As Confucius entered his thirties and his knowledge increased, senior members of the government became interested in him. The Chief Minister of Lu, a man named Meng Xizi, thought Confucius could be useful. Just before Meng Xizi died, he told his successor to appoint Confucius as a scholar in service to the government.

Duke Ding, the son of Duke Xiang, was now the ruler of Lu. He spoke often with Confucius and asked him for advice. Confucius was given enough money to live on, and two of Meng Xizi's sons became his disciples.

When Confucius was 33 years old, the Duke gave him permission to travel to Luoyang, the capital of the Zhou Dynasty. He was given a chariot and two horses for the trip, which was over two hundred miles and took weeks to complete. Several of his disciples joined him in the trip, serving as armed guards as well as students.

Luoyang was the cultural center of China. Here, the Zhou kings performed the ancient rites of ancestor worship and made sacrifices to heaven. Confucius studied the temples, watched the rites, listened to the songs, and learned everything he could, so that he could bring this cultural wisdom back to Lu.

The ministers of Luoyang enjoyed meeting Confucius. One of them said, "When he speaks, he praises the ancient kings. He walks the path of humility and courtesy. He listens carefully, and remembers everything. Is he not a new sage for today?"

# # #

During his visit to Luoyang, Confucius visited the manager of the royal library. The man was known as Li Er, but after his death he would be known as Laozi, the author of the Dao De Jing which is the most important book in Daoism.

The two men enjoyed their meeting, which went on for many hours. Li Er was elderly and unhappy with life in the royal court. He told Confucius, "A wise man, when his time comes, rides the wind. But when his time is past, he becomes like a dry leaf."

Li Er listened when Confucius spoke of bringing back the ancient rites, but he did not agree with this. He said, "When it is the right time, the gentleman acts. If it is not the right time, he goes his way like dust in the wind.

"I have heard that the wise merchant hides his treasures as if his store were empty, and that the man of highest virtue appears simple and foolish. Let go of your arrogance and desire, your foolish habits and ambitious plans. They are of no use to you."

Li Er also saw that Confucius often argued, which turned friends into enemies. He said, "A clever man who criticize others puts his life in danger. An educated man who talks of the weaknesses of others is in danger." It appears that Confucius did not follow this advice, and throughout his life he often found himself in deep trouble.

Confucius and Li Er had very different ways of seeing the world. Confucius believed in studying the ancients, but Li Er believed in simplicity. Confucius believed in following the ancient rites, but Li Er believed in **wéi wúwéi**, acting without action. Confucius was interested in teaching people to help other people, but Li Er was only interested in following the Dao.

Later, Confucius told his disciples, "Birds, I know they can fly. Fish, I know they can swim. Animals, I know they can run. The runner can be caught in a net, the swimmer with a line, the flyer with an arrow. But I cannot understand how a dragon rides the wind and clouds up to the heavens. Today I have seen Li Er. He is like the dragon."

Soon after this famous meeting, Li Er left his job as head librarian. He departed Luoyang and headed towards the northern border of the barbarian lands. According to legend, a border guard recognized him. The guard begged Li Er to take some time to write down his ideas before leaving China. Li Er agreed, and those writings are still with us today as the Dao De Jing.

Chapter 3

Confucius returned to Lu and resumed his work as advisor to Duke Ding, who by now was an old man. But trouble came from an unexpected source.

Two men, both Lu nobles, got into an argument over a cockfight. One of them insulted the Duke. The Duke heard about this and ordered the man arrested. But the man was part of the powerful and troublemaking Jisun clan.

Confucius disliked the Jisun for many reasons. Once, as a young man, he had tried to come to a Jisun feast. But the Jisun would not let him in, saying, "This feast is for gentlemen only. You are not invited." This may be why Confucius taught that what you knew was far more important than who your parents were.

He also disliked the Jisun because they did not follow the ancient rites. He remembered seeing a ceremony where the Jisun had eight rows of dancers perform in their court. This made Confucius angry. He knew that in the ancient rites, only the king could have eight rows of dancers. He told his disciples, "If this can be tolerated, what cannot be tolerated?"

Duke Ding sent soldiers to arrest the Jisun man. But to his surprise, two other clans supported the Jisun, and the Duke's soldiers were defeated. Duke Ding had to flee for his life, ending his twenty-five year rule. He fled to Qi, and Confucius, fearing for his life, followed him.

# # #

As Confucius and his disciples traveled on the road to Qi, they came upon a woman weeping by the side of the road. "Why are you weeping?" asked Confucius.

She replied, "My husband's father was killed here by a tiger. Then my husband was killed by a tiger. And now my son has been killed by a tiger."

Confucius asked, "Dear woman, why don't you just leave and go live somewhere else?"

She just said, "There are no tyrants here."

Confucius nodded. He turned to his disciples and said, "Remember this! A tyrant is worse than a tiger."

# # #

At first, Confucius enjoyed living in Qi. The music he heard at court was, he felt, almost the same as the original music played for the ancient kings. He studied the ways of the Qi, and became friends with the scholars there.

He also gave advice to the ruler of Qi, a man known as Duke Jing. He told Duke Jing a story about an ancient king who had freed a slave and made him a powerful minister. He said, "This showed that he was fit to be a king, not just a conqueror." In this way, Confucius hoped to show the Duke that it was better to select ministers based on their ability, not their family connections.

The Duke offered Confucius a job ruling a town. But Confucius said no. He told his followers, "I have given advice to the Duke, but he has not followed it yet. Now he wants to give me this title. He does not understand me!"

Although the Duke enjoyed his talks with Confucius, his prime minister saw Confucius as a threat. The two men struggled for power in the Duke's court, and they traded polite but sharp insults in front of the Duke.

One day a high-ranking minister arrived late for a meeting with the Duke. The Duke asked why he was late. The minister said he was delayed because he had to become involved in a case to stop a man from being wrongly executed. The Duke and the prime minister both thought this was a good reason for the man to be late.

The Duke asked Confucius what he thought. Instead of praising the minister, Confucius said, "If the laws were clear and the right official was appointed, this situation would not have occurred. When the minister had to stop this injustice, it means the system is broken. Senior ministers should not have to handle minor cases themselves. It is their duty to ensure that the right people are in place, so justice flows without interruption."

The Duke was surprised by this. He said, "I spoke too soon. But if I had not, I would not have heard the Master's teaching."

# # #

Later, Duke Jing was trying to decide who should take over his job after him. He had a son who was the crown prince, but the son was a poor leader. The duke also had a younger son, born of a favorite concubine, who was more capable. The Duke thought it might be better for the younger son to take over as the next Duke instead of the crown prince.

Unsure, he consulted Confucius for advice. Confucius replied that the older son should be the next Duke. He said, "If the ruler does not honor proper order within his own family, how can he rule the state with integrity?"

The Duke thought about this. He asked Confucius what would happen if he did not follow the ancient rites. Would the state appear to be strong but really be weak and rotten within? Perhaps the people would continue to pay their taxes in grain, and the warehouses would be full. "But," he said, "even if I have my grain, would I be able to eat it?" In other words, would the Duke be able to stay on the throne if the government was weak and rotten?

Wisely, Confucius chose not to answer the question.

Duke Jing thought it was time to give Confucius a bigger job, managing one of the districts of Qi. This was too much for the prime minister. He told the Duke that Confucius knew a lot about ancient kings and rituals, but nothing about the real world. The prime minister said, "Confucius is no more than a beggar who roams the land, talking. He cares about appearance and clothing, ancient rites, ways of behaving. But a lifetime is not enough time to learn all his rules. If we follow his advice, the people will suffer."

These words changed the Duke's mind. He became much less friendly towards Confucius. He did not speak with the master in public, having decided that Confucius was getting too much respect and power. "I am old," the Duke told him, "and I cannot make use of your services." Confucius was reduced to a lower rank at court and encouraged to leave.

Later, Confucius said to his disciples, "If you speak when you should not, you are foolish. If you don't speak when you should, you are dishonest. But if you speak without knowing the mood of your superior, you are blind."

Knowing the mood of his superiors, Confucius had nothing more to say to the Duke or the ministers of Qi. He had to leave.

Chapter 4

Confucius returned to the state of Lu. It was 517 BC, and he was 34 years old. When he arrived in Lu, he saw things were worse than when he lived there before. Duke Zhao of Lu was becoming old, and most of his power had been taken by three powerful clans – the Jisun who controlled much of Lu, and the Mengsun and Shusun clans.

The Jisun had no respect for the ancient rites, and this angered

Confucius. Some of the things that he disliked might appear small matters. For example, at a ceremony, a song was sung that mentioned the presence of the king. But the king was hundreds of miles away. Confucius thought this was an insult to heaven.

The problem, to Confucius, was not just that the wrong song was sung at a ceremony. He was worried about what else was going wrong in the state. If the Jisun didn't even know the right song to sing, did they know how to keep grain in the warehouses, or collect the right amount of taxes from the people, or watch out for barbarians on the border? Forgetting the ancient rites, to Confucius, was the first step in forgetting how to rule with wisdom and benevolence.

Confucius wanted nothing to do with the Jisun or the rest of the Lu government. He quit his job and spent the next fifteen years teaching and writing.

# # #

Duke Zhao could not stop the Jisun from taking complete control of Lu, so he fled for his life to the state of Qi. The Jisun continued to rule the state in the Duke's name, naming their own ministers and controlling the government.

Some people asked Confucius why he did nothing to stop this. He replied, "I am a loyal son. I am a dutiful brother." He felt it was his duty to live according to the ancient ways, showing others the correct way to live. If others saw his actions and did as he did, problems would disappear and the world would become a better place.

When he did talk about the government, it was to teach his disciples. He once told them, "When government is good, be ashamed of being poor. When government is bad, be ashamed of being rich."

# # #

One day, Confucius was traveling down a road in his carriage. Up ahead, he saw a small boy building a tiny walled city in the middle of the road. Confucius stopped his carriage and called out to the boy, "Why are you building a city in the middle of the road? Don't you know people travel this way?"

The boy looked up and replied, "Since ancient times, carriages have gone around cities, not the other way around."

Confucius was startled and amused by the child's answer. He got down from the carriage and talked with the boy, asking questions to test his knowledge. The boy responded cleverly and correctly each time.

Impressed, Confucius exclaimed, "Even a child of seven can surpass me in wisdom!" He bowed respectfully to the boy and ordered his carriage to detour around the child's city.

The child was Xiang Tuo, later considered a "child sage" by Confucians. The boy died two years later. But his meeting with Confucius became famous and appears in the San Zi Jing, a book of Confucian wisdom written for children.

#

Both rich and poor young men came to Confucius's academy; he did not care. "If someone brings me dried meat as payment, I will still teach him," he once said.

All he cared about was finding disciples who wanted to learn. He said, "If I teach one corner of a lesson, and the disciples cannot figure out the other three corners, that is their problem and not mine. I will not repeat the lesson."

Confucius even taught one disciple, a young man named Zichang, who had spent time in prison. He liked the young man, and gave him the hand of his own daughter in marriage.

"No one listens to my teachings," he once said. "I should get on a boat and just drift out to sea with a disciple. Maybe Zilu would come with me." Zilu was happy to hear this. Then Confucius continued, "He is the only one foolish enough to follow me." The other disciples laughed.

Top Fish, the master's son, was also a disciple. Some of the other disciples wanted to know if Top Fish was getting secret teachings that they could not get. A disciple asked Top Fish about this. He replied, "Once I saw my father in the courtyard. 'Have you studied the Book of Songs?' he asked. I said no. 'If you don't study the Book of Songs, you will know nothing.' So I studied the Book of Songs. Later he asked me if I had studied the Book of Rites. I said no. 'If you don't study the Book of Rites, you will know nothing,' said my father. So I studied the Book of Rites. These are the only secret teachings he ever gave me."

Confucius himself had compiled the Book of Songs. It was a book with about 300 songs, which he had collected from several thousand popular songs. He felt that there was great wisdom in these songs, and that they could be used to improve the lives of the people who sang them. He said that "Let there be no evil in your thoughts" was the most important teaching in those songs.

He also wrote three other books that collected the wisdom of several hundred years: the Book of History, the Book of Rites, and the Book of Music. His disciples read these books and learned the ancient wisdom contained in them.

Chapter 5

In 510 BC, Duke Zhao of Lu died. By then, the Jisun clan had gained even more power in Lu. They decided to pass over Zhao's son and select Zhao's brother Ding as the new ruler. But like his brother, Duke Ding had no real power at all. The Jisun prevented him from holding court, and they used his name when they gave orders.

One of the Lu ministers asked for a meeting with Confucius, to offer him a job as an advisor. Confucius thought it was a good idea to meet with the minister, thinking that it was better to serve a bad ruler than do nothing at all. He said to Zilu, "Surely they have asked me to meet with them for a reason."

He met with the minister, even though he really did not want to work for the Jisun. He avoided making a decision for a long time. Finally, one of the senior ministers tried to see him, but Confucius would not meet him. The clever minister sent Confucius the gift of a pig, which was brought to his house when he was away. According to his own rules, this meant that Confucius had to visit the minister to thank him.

But Confucius knew the rules better than anyone. He waited until the minister was away from his house. Then he went to the man's house, found he was not there, and happily went away.

Unfortunately, he ran into the minister on the road as he was going home. The minister said, "Tell me, is it right that a good man should have a valuable jewel but not show it to anyone?"

"No," replied Confucius.

"And tell me, is it wise for a man to want to serve in government, but always refuse when a job is offered?"

"No," replied Confucius.

The minister smiled. "The days and months are passing. We are not getting any younger."

"Fine," said Confucius. "I will take the job."

But he never took the job. While he delayed, Duke Ding defeated the Jisun and took control. He appointed new ministers. One of the new ministers was Zilu, who had been one of Confucius' best disciples. When Zilu told Confucius about the job offer, the master's comment was, "If you go serve the Jisun, you might make them as great as the Eastern Zhou."

But there was a hidden meaning here. Confucius was not urging Zilu to take the Jisun to greater heights. He was warning him about the dangers of helping a bad government grow too powerful. At the time, the Eastern Zhou were still the kings of China, but they had no power. Dukes and clans held the real power. So Confucius was really saying, "If you help the Jisun become as strong as the Eastern Zhou, they will take the throne in all but name. Is that your goal?" Confucius feared that Zilu's talent might help the Jisun become even more powerful.

Zilu ignored this advice and took the job. But he was grateful to his teacher, so in 501 BC, he arranged for Confucius to be named Chief Justice of the town of Zhongdu.

After fifteen years, Confucius had a government job again.

The name Zhongdu means "central city." Although the town was small, it was located just a few *li* from the capital city of Qufu. This meant the rulers of Lu could keep a close eye on Confucius and his work, but not risk a major disaster if he proved to be a poor administrator.

As it turned out, Confucius was an excellent administrator. He taught the people of Zhongdu how to follow the ancient rites, how to sing the correct songs at ceremonies, and how to treat each other according to the Five Relationships:

- Rulers owe their subjects benevolence, and receive loyalty.

- Fathers owe their sons love and care, and receive filial piety.

- Husbands owe their wives love, and receive obedience and support.

- Older brothers owe their younger brothers kindness, and receive respect.

- Friends owe each other mutual trust.

He taught the people that the only difference between them and barbarians was respect for knowledge, and teaching that knowledge to their children. Much of this knowledge was in the books Confucius himself had written, especially the Book of Rites, and he insisted that the people follow the rules in these books.

To the surprise of everyone, it worked. Zhongdu became a wonderful town. It was said that if someone dropped a valuable item on the street, it would not be stolen but would remain there until its owner came back to pick it up. Other towns and cities began to follow the example of Zhongdu.

Duke Ding ordered Confucius to return to the capital city, where he was given the important job of Minister for Public Works for the state of Lu. This gave the Duke a chance to speak often with Confucius to discuss affairs of state.

Once, the Duke asked him, "Is there a single slogan that can make a nation successful?"

"It takes more than a slogan," replied Confucius. "But it is often said, 'Being a ruler is difficult.' If a ruler understands this and does not expect his job to be easy, success may come to him."

"And tell me," continued the Duke, "is there a single slogan that can bring a nation down?"

"It takes more than a slogan," replied Confucius. "But some rulers say, 'The only good thing about being a ruler is that nobody opposes me.' If the ruler is wise, this makes no difference. But if the ruler makes mistakes and nobody opposes him, the country will be destroyed."

Chapter 6

In 500 BC, Confucius was 51 years old and, finally, a high ranking minister in the State of Lu. Lu and its neighbor, Qi, had been fighting for nine years. The two states agreed to a meeting to settle their differences. They set up a meeting in Jiagu, a small town in the wild lands near the border between the two countries. Duke Ding asked Confucius to come with him to the meeting.

But the Duke of Qi, named Duke Jing, planned a trap. He paid some local barbarians to attack during the meeting and take the Duke of Lu prisoner. He knew that Confucius was coming to the meeting, but he said, "Confucius is just a scholar. He is weak and cannot do anything to stop us."

Confucius thought that the Qi might be planning a trap. "I have heard that in peace men should prepare for war, and in war men should prepare for peace," he told his own duke. The Duke of Lu agreed with Confucius, and brought his war ministers to the meeting.

The two dukes began their meeting by bowing to each other, then they sat down to begin their talks. But soon afterwards, barbarian soldiers rushed towards them, carrying swords, shields, and other weapons and pounding on war drums.

Confucius, who was a very big man, stood up and said to the Duke of Qi. "We have come in peace," he said. "Weapons of war should never be brought to a friendly meeting. It goes against what is right. Duke Jing of Qi, you must not do this."

Duke Jing of Qi was embarrassed by Confucius' words. The barbarians were his subjects, so he was responsible for anything they did. He told the barbarians to leave the meeting.

Now the Duke of Qi was in a weakened position. He asked Lu to send 300 chariots to assist Qi in any war against a common enemy. Confucius agreed, but said that Qi must give Lu the land around three cities that Qi had previously taken from Lu. This was a very good deal for Lu. They gained land, and gave up nothing except a promise to send help to Qi at some time in the future.

When the meeting ended, the Duke of Qi invited his Lu visitors to a big banquet to celebrate their agreement. But Confucius said no. He told the Duke of Lu they were not safe there and needed to leave that dangerous place as soon as possible.

This was a great victory for Confucius. In gratitude, the Duke of Lu made him Minister of Justice. This was the highest rank Confucius ever had in his lifetime.

# # #

When Confucius was serving as Lu's Minister of Justice, a father came to him. He was suing his son, saying that the son had stolen valuable things from a neighbor. Everyone, including the Duke of Lu, thought that Confucius would agree with the father, since filial piety was such an important part of the teaching of Confucius. But Confucius did not agree with the father. He put both the father and the son in prison for three months.

The Duke of Lu was surprised by this. He asked Confucius, "You have always said that filial piety is the most important part of your teachings. This son was not filial. Why didn't you have the son put to death?"

Confucius replied, "Yes, the son should protect the father, but the father must also protect the son. In this case, there is no justice if we only punish the son, because the father failed to teach his son properly. The fault lies with the father as much as with the son. That is why I punished them both equally."

In this way, Confucius taught that duty is a two way street. Sons have a duty to obey their fathers, but fathers have a duty to teach their sons. In the same way, subjects have a duty to obey the king, but the king has a duty to protect his subjects.

Confucius spoke of the Mandate of Heaven, which meant that kings had the blessing of heaven. But he taught that kings had to treat their subjects with justice and kindness. If they fail to do this, heaven can take back its mandate, and the king can be removed by the people.

#

Duke Ding of Lu had many problems. The biggest problem was that there were three powerful clans in the country. They had built high walls around their cities, and they had armies to protect them from other clans, as well as from the Duke. Because of this, the Duke could not make the clans do what he wanted. The Duke may have had the Mandate of Heaven, but he could do nothing unless the three clans agreed.

Confucius, as Minister of Justice, thought the situation needed to change. In 499 BC he advised Duke Ding to destroy the walls around the capital cities of the three clans, so the Duke would be the only one with a walled city. This would give the Duke more power, and would prevent rebels from seizing one or more of the clan cities and using it as a base to attack him.

Duke Ding ordered the three clans to destroy the walls around their cities. The Jisun began to destroy their walls, but some of their ministers refused. They raised an army and attacked Lu's capital. Duke Ding fled. Confucius sent soldiers to fight the Jisun. The Jisun were defeated and the walls of their capital city were destroyed.

The Shusun saw this, and quickly agreed to destroy their walls.

But the third clan, the Mengsun, refused. In December 498 BC, Duke Ding sent his army. The Duke's army could not bring down the city's walls, so they began a siege. The siege lasted for a long time, but Duke Ding gave up the siege after a while. The walls remained, the Mengsun kept their power, and the Duke became even weaker.

This was a huge failure for Confucius. He had thought that virtue and goodness would cause rulers to act justly, but here, Duke Ding was unwilling or unable to use force to defeat his enemy.

Confucius saw that his ideas were not always easy to follow. He said, "If rulers follow the Way, I will succeed. If they do not, I will fail."

#

Across the border in Qi, Duke Jing of Qi was becoming worried about Lu. He saw what was happening there. He worried that if Confucius succeeded, the Duke of Lu would be much stronger, because the armies of the three clans would become the Duke's armies. And even though Lu was a peaceful country with Confucius in the government, Qi was worried about what might happen after Confucius was gone.

So to protect themselves from Lu, the Qi built a stone wall along the border between the two states.

Confucius was angry when he learned about the wall. To him, it was not just a military threat, it was a violation of the ancient rites, which called for small states and large states to treat each other with respect and benevolence.

Duke Jing of Qi wanted to weaken Lu, so in 499 BC he came up with a clever plan. He sent Duke Ding a gift of sixty horses and eighty beautiful dancing girls.

Duke Ding followed the advice he received from Confucius and refused to see the girls. But the leader of the Jisun clan did not care about Confucius or the ancient rites. He went to see the girls. He told Duke Ding that they were the most beautiful girls he had ever seen. Duke Ding went to see the girls for himself.

Zilu, one of Confucius's disciples, saw this and said, "Master, I think it is time to leave."

Confucius replied, "Don't worry. The Duke will soon leave the girls and begin sacrificing to heaven and earth. If he does this, I will stay in his service."

But Duke Ding forgot all about the sacrifices to heaven and earth. He stayed with the dancing girls for three days. Seeing this, Confucius decided he could not work for Duke Ding anymore. He quit his job and left the State of Lu.

Surprisingly, the leader of the Jisun clan did not want Confucius to leave, perhaps because he was worried about how it might weaken Lu. So he sent a messenger to chase after him. Confucius made it easy for the messenger to catch up to him by staying overnight in an inn. The messenger arrived and asked Confucius why he was leaving. The master replied, "A woman's tongue can cost a man his job. A woman's words can cost a man his head. Why not leave and spend my last years doing what I want?"

Confucius had lost the ear of the Duke. The dancing girls stayed and Confucius left. But he did not go far.

Chapter 7

In 495 BC, Duke Ding died. Confucius, now 56 years old, had been living in the neighboring states of Wei and Song for the last four years. He returned to Lu when he heard the news. He had no official job in the government, but he took on the job of burying the duke.

The ancient rites said that the Duke should be buried next to his relatives. But the Jisun, who never liked the Duke, ordered that he be buried far away from his relatives, at the other end of the cemetery.

This was a difficult problem for Confucius. He understood the ancient rites better than anyone, so he knew what the right thing was to do. But he also had a duty to his masters, the Jisun.

He came up with a clever plan. He buried Duke Ding in the place that the Jisun told him to. But then he ordered his men to dig a ditch surrounding the entire cemetery, including Duke Ding's grave and also the graves of his ancestors. This satisfied the ancient rites while still obeying the Jisun.

The leader of the Jisun saw this and was angry. He asked Confucius if this was a moat to protect the graves. Confucius replied, "This is not a moat. It is a ditch. It shows the separation between the ruler and his subjects."

In this way, he said nothing that might insult the Jisun. But he made it clear that even powerful clans like the Jisun, who had taken much of the Duke's power, were still subjects of their emperor. This answer was good enough for the Jisun leader, and he did not punish Confucius.

#

Two years later, Confucius left the state of Lu for the last time. He began a fourteen-year journey wandering from one state to another, trying to find a ruler who would follow his vision.

Where could he go? He could not go south to Song, because of the trouble his great grandfather had there a century earlier. He could not go north to Qi, because Qi and Lu were still fighting. But to the west was Wei, where Zilu's brother-in-law was a minister and where he had met with the rulers a few years earlier. So he went to Wei.

On the way to Wei, Confucius had a famous conversation with his chariot driver, who might have been his former disciple Zilu.

As they were riding, the chariot driver asked him, "Why must you leave Lu? If the Way is not followed here, will it be followed elsewhere?"

Confucius replied, "A gentleman must always follow the Way. If the people of Wei do not follow the Way, then I will look in other places. Should I only plant a tree where I know it will bear fruit?"

Then he gave this advice: "Where people follow the Way, show yourself. Where people do not follow the Way, hide yourself. But if you cannot find a ruler who loves the Way, you must look elsewhere. That is what a gentleman does."

"Are you afraid?" asked the chariot driver.

"If there was wisdom throughout the world, I would not need to try to change it. But it does not, so how can I sit and do nothing?"

"How would you improve the situation here?" asked the driver, knowing that the ruler of Wei was, in the eyes of Confucius, a fool who was unfit to rule.

"I would enrich the people."

"And after they are rich?"

"I would teach them."

# # #

When Confucius arrived in Wei, he was welcomed by its ruler, Duke Ling.

Duke Ling hired Confucius as an advisor, at the same salary, 10,000 measures of grain, that he had received in Lu. But in less than a year, matters became difficult for Confucius, probably because his devotion to the ancient rites did not go over well in Duke Ling's court, where pleasure was highly valued.

Matters became worse in 494 BC. Duke Ling took a new wife, a young woman named Nanzi. It was no secret that Nanzi was having a love affair with Duke Ling's brother and also with a minister from the state of Jin. Confucius was horrified by this, and wanted nothing to do with the Duke or his new wife.

One day, Nanzi sent a letter to Confucius, inviting him to come and visit her. His disciples thought this was a very bad idea. But Confucius replied that the only proper thing for him to do was to accept the invitation. He believed that his duty to the wife of the Duke was greater than his duty to obey tradition. "If I am wrong, let heaven be my judge," he told them.

He met with Nanzi. Nobody knows what happened in the meeting, but it's likely that Confucius told Nanzi what he thought of her, in the most polite possible way.

He stayed in Wei for two more years, but Lady Nanzi never forgot her meeting with him, and she made his life at court as difficult as she could. Duke Ling failed to follow the advice that Confucius gave him. As matters got worse, Confucius became afraid for his life. Finally he told his disciples this about Duke Ling: "I have never met a man who loves virtue as much as he loves beauty. If the Way cannot be realized here, I must leave."

Chapter 8

By now, Confucius had spent nine years without an important government job. He was running out of money, and he was getting on in years. "I am old," he said, "and soon I will be of no use to anyone."

He almost received a surprising job offer from his old enemies, the Jisun clan in Lu. The leader of the Jisun clan had become the Prime Minister of Lu, and he was also getting old. He told his ministers that the state of Lu would have been better off if Confucius had stayed. Just before he died, he ordered his son to ask Confucius to return and serve as a minister again.

But this did not happen. The Prime Minister died. The new Prime Minister, his son, did not want Confucius back. But to honor his father, he sent a message to Confucius saying that they wanted one of his disciples to join the government, not him. So one of the disciples was sent to Lu to serve as a minister there.

Confucius had no job. He and his disciples wandered the land. In the state of Chu they were traveling through a forest. They stopped to rest under a large tree. A nearby group of men were cutting down trees, and one tree fell and nearly killed Confucius.

# # #

They traveled further south to Chen, where they spent a year. While staying there, the Duke of Chen asked to speak with Confucius. A falcon had fallen from the sky into the Duke's palace. The Duke and his nobles believed this was a bad omen. Confucius looked at the dead bird, found a stone arrowhead, and told the duke it was shot by an arrow. He said, "This bird is not of this region. The arrowhead is stone, not metal. That means it came from a faraway land, one that does not use modern tools. The bird flew too far from its home and was struck down, just like a person who leaves his rightful place and invites disaster."

Confucius also recognized the type of arrow that was used to shoot the falcon. It was made by the barbarian Jurchen tribe. There were more of these arrows in a nearby house. It turned out that one of the Duke's own nobles had shot the falcon.

But Confucius and his disciples did not stay in Chen. Three neighboring states all attacked Chen at the same time, and the master and his disciples had to flee for their lives. Tired and hungry, they returned to Wei, only to find even more problems there. The son of Duke Ling by his first wife tried to kill Nanzi, the second wife. This failed and the son had to flee. Soon after, Duke Ling also died. A battle for control of Wei followed, and Confucius wisely saw it was time to leave Wei.

One of the ministers of Wei saw him getting ready to ride away on his chariot. Angrily, the minister asked him what he was doing. "The bird chooses the tree," replied Confucius. "The tree does not choose the bird!"

# # #

Confucius was now 58 years old. He believed he would never become a powerful minister, and never have a chance to show the world that his ideas would work. He saw many of his disciples, including Zilu, go on to take important jobs in other dukedoms. But nobody wanted to hire him.

He thought that he might be better off leaving China to live in the barbarian states to the north. His disciples laughed at this, saying that he would be unhappy in a land with no culture. He replied, "For how long would they remain uncultured if a gentleman lived among them?"

From time to time, nobles and dukes thought about hiring Confucius. But in each case, their ministers feared for their own jobs and talked their rulers out of it.

With no job, Confucius turned to writing. He wrote a complete history of Lu, which he called the Spring and Autumn Annals. With this book, he described what the Lu rulers did right and what they did wrong, as a way to teach future disciples.

He also spent a great deal of time studying the I Ching, the "Book of Changes." This book listed the sixty-four different hexagrams that could be made from six rows, where each row was either one long line or two shorter lines. Each hexagram had a mystical meaning, which could be used to answer questions.

His interest in the I Ching surprised his disciples. "Master," asked one disciple, "you told us long ago that interest in these things showed a lack of virtue. I listened to those words. But now that you are older, you show interest in these things. Why?"

Confucius replied, "I do not wish to see the future. I am only interested in the truth. This book contains wisdom from ancient times, which is why I read it."

Chapter 9

He became a grandfather at age 68, when Top Fish had a son. But that same year, Top Fish died. Confucius refused to give his son an expensive funeral. He insisted on a plain wooden coffin and simple funeral rites.

In 481 BC, life had one more surprise for Confucius. A group of hunters in western Lu had captured a strange animal, and the duke asked Confucius to tell him what it was. Confucius, now 70 years old, traveled to see the animal. When he saw it, he started to weep.

It was a qilin. He knew that this ancient creature arrived at the time of the birth or death of a great sage. Was this a sign that Confucius was nearing the end of his life?

He looked more closely at the animal. Tied to its horn was an old piece of ribbon. This was the dream that his mother had just before he was born. "The qilin has come," cried Confucius, "my time is over!"

Soon afterwards, Confucius became very sick, possibly because of seeing the qilin, but he recovered. But two years later he fell ill again. One day his disciples found him walking slowly, using a cane, and singing this song:

> "Mount Tai crumbles.
> The great wooden beam breaks.
> The wise man withers away."

His last words were these:

"No wise king comes.

No one in the world will make me his master.

Now it is time for me to die."

# # #

After his death, his teachings lived on through his disciples and scholars. But for two hundred and fifty years, during the Warring States period, it was not as well known as Daoism and Legalism.

The Warring States period finally ended in 221 BC with the victory of the Qin over all other states. The Qin dynasty only lasted for fifteen years, but it was a terrible time for Confucianism. The Qin Emperor banned all books about the teachings of Confucius, and hundreds of Confucian scholars were killed.

The Qin quickly fell to the Han dynasty in 206 BC, and things changed. Confucianism was chosen as the philosophy of the Han Dynasty, which lasted for over four hundred years. The Han government established Confucian schools and required study of Confucian books to obtain a job in the government. The teachings of Confucius became deeply embedded in Chinese life.

Over the next two thousand years, Confucianism continued to evolve, incorporating ideas from Daoism and Buddhism. Today, it is the most important philosophy in China and throughout East Asia.

Map of Eastern Zhou Dynasty

This map shows in darker gray the extent of the Eastern Zhou Dynasty (from 770 to 256 BC) when Confucius lived.

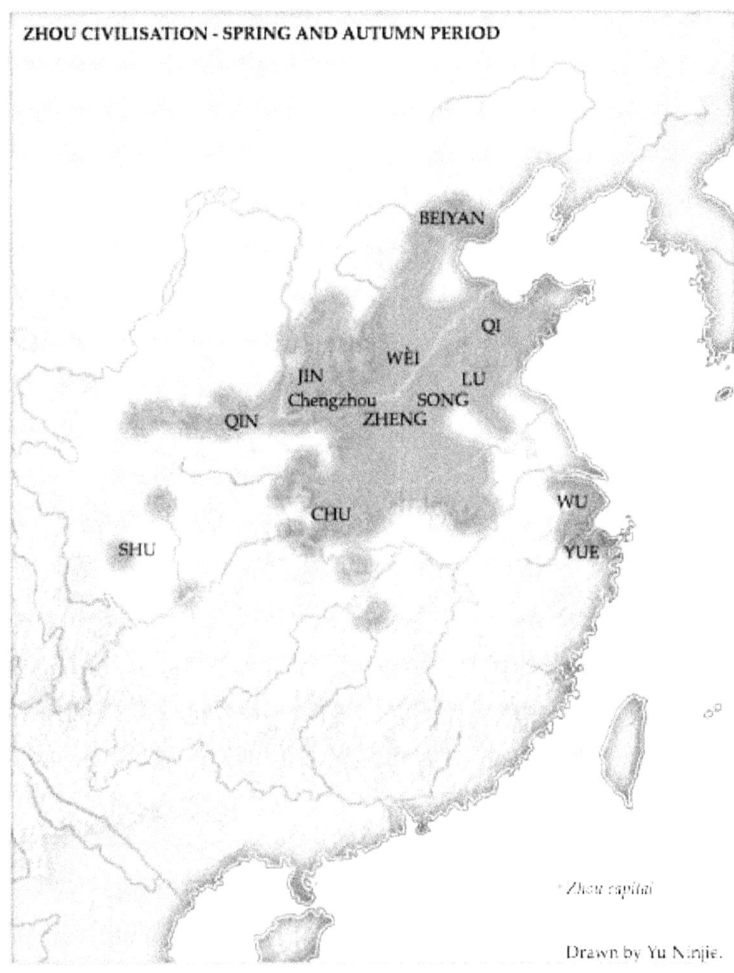

Original Sources

The quotations in this book have been taken from several classical sources. We sometimes have paraphrased them to simplify the Chinese vocabulary. The sources we used are listed below.

If you want to read these for yourself, the best place to look is the Chinese Text Project at https://ctext.org. Here you will find nearly all classical Chinese texts, with parallel Chinese and English translations and full searchability.

- **Chūnqiū** (春 秋), *Spring and Autumn Annals.* By Confucius. A chronicle of events in the state of Lu, used as a moral guide to right and wrong.

- **Dà Dài Lǐjì** (大 戴 礼 记), *The Greater Book of Rites.* Compiled during the Han dynasty. Includes anecdotes about Confucius's actions and moral teachings, including funerals and state etiquette.

- **Guó Cè** (国策), *Strategies of the Warring States.* Compiled during the Han dynasty. Includes political wisdom and debates; sometimes referenced when discussing Confucius's statecraft.

- **Kǒngzǐ Jiāyǔ** (孔子家语), *Family Sayings of Confucius.* Compiled by disciples of Confucius and edited by Wang Su (3rd century AD). A collection of biographical stories and dialogues not included in the Analects.

- **Lǐjì** (礼记), *The Book of Rites.* Compiled during the Han dynasty. Explores Confucian ritual and moral philosophy and gives insight into Confucius's views on proper behavior and statecraft.

- **Lúnyǔ** (论语), *The Analects.* By disciples of Confucius, compiled 5th – 3rd century BC. Core sayings and conversations of Confucius, including his views on government, ritual (lǐ), morality, and historical anecdotes.

- **Sān Zì Jīng** (三字经), *The Three Character Classic.* By Wang Yinglin in the 13th century AD. This is a children's book that references legendary episodes such as Confucius meeting the child sage Xiang Tuo. We (Jeff Pepper and Xiao Hui Wang) have translated this and added commentary; see our book of the same name published by Imagin8 Press.

- **Shǐjì** (史记), *Records of the Grand Historian.* By Sima Qian (145 – 86 BC). Includes a biography of Confucius (**Kǒngzǐ Shìjiā**) describing his life, lineage, and political activities.

- **Zuǒ Zhuàn** (左传), *The Zuo Commentary.* By Zuo Qiuming, 4th – 3rd century BC. A detailed historical narrative of the Spring and Autumn period (722 – 468 BC).

Recommended Readings

There are hundreds of books about the life and teachings of Confucius. Our favorite is:

- *Confucius and the World He Created*. By Michael Schuman. New York: Basic Books, 2015.

Other recommended books are:

- *Confucius: A Biography*. By Jonathan Clements. Stroud, UK: Sutton Publishing, 2004.

- *How Confucius Changed My Mind*. By Charles Jones. Boulder Colorado: Shambhala Publications, 2025.

Also, of course, you should go to the source and read *The Analects*, written by disciples of Confucius, and *Records of the Grand Historian*, written by Sima Qian. Both are in the public domain and can be found online.

Glossary

These are all the Chinese words, other than proper nouns, used in this book.

Chinese	Pinyin	English
啊	a	ah, oh, what
爱(情)	ài (qíng)	love
案件	ànjiàn	court case
安排	ānpái	to arrange
安全	ānquán	safety
按照	ànzhào	according to
吧	ba	(indicates assumption or suggestion)
把	bǎ	(measure word for gripped objects)
把	bǎ	(preposition introducing the object of a verb)
把	bǎ	to hold, to guard, a bundle
八	bā	eight
百	bǎi	hundred
办	bàn	to do
办法	bànfǎ	method
帮(助)	bāng (zhù)	to help
保护	bǎohù	to protect
暴君	bàojūn	tyrant
保证	bǎozhèng	to ensure
被	bèi	(particle before passive verb)
北	běi	north
本	běn	original, (measure word for books)

崩塌	bēngtā	collapse
比	bǐ	compared to
笔	bǐ	pen
边	biān	side
变(成)	biàn (chéng)	to change, to become
变化	biànhuà	change
边境	biānjìng	border
表示	biǎoshì	to indicate
表演	biǎoyǎn	performance
标准	biāozhǔn	standard
别	bié	do not, other
比较	bǐjiào	compare, relatively
并	bìng	and
病	bìng	sick, illness
并且	bìngqiě	and
必须	bìxū	must
伯	bó	uncle
不	bù	no, not
部(分)	bù (fen)	part, portion
不到	bú dào	less than
不好意思	bù hǎo yìsi	feel embarrassed
不受欢迎	bú shòu huānyíng	not welcome
不再	bú zài	no longer
不安	bù'ān	disturbed, uneasy
不得不	bùdébù	no choice but to
不管	bùguǎn	in spite of

不久	bùjiǔ	not long ago, soon
不了	bùliǎo	unable to
不想	bùxiǎng	in no mood
不幸	búxìng	unfortunately
不行	bùxíng	no way, out of the question
才(能)	cái (néng)	can only, talent
藏	cáng	to hide
仓库	cāngkù	warehouse
参观	cānguān	to visit
参加	cānjiā	to participate, to join
长	cháng	long
场	chǎng	field, (measure word for events, performances, occasions)
唱(歌)	chàng (gē)	to sing
超过	chāoguò	to exceed
朝廷	cháotíng	royal court
车	chē	car, cart
车夫	chēfū	cart driver
城(市)	chéng (shì)	city
成(为)	chéng (wéi)	to become
惩罚	chéngfá	punishment
成功	chénggōng	success
诚实	chéngshí	honest
丞相	chéngxiàng	prime minister
称赞	chēngzàn	to praise
臣民	chénmín	subject of a feudal ruler
尺	chǐ	Chinese foot

吃(饭)	chī (fàn)	to eat
吃掉	chī diào	to eat up
迟到	chídào	late
吃惊	chījīng	to be surprised
重重	chóngchóng	one after another
重新	chóngxīn	again
出	chū	out
除了	chú le	except
穿(过)	chuān (guo)	to pass through
床	chuáng	bed
传统	chuántǒng	tradition
厨房	chúfáng	kitchen
出生	chūshēng	born
出现	chūxiàn	to appear
次	cì	next in a sequence, (measure word for time)
从	cóng	from
从来不	cónglái bù	never
从来没有	cónglái méiyǒu	there has never been
聪明	cōngming	clever
存在	cúnzài	to exist
错	cuò	wrong
错误	cuòwù	mistake
大	dà	big, great
打	dǎ	to hit, to play
大多数	dà duōshù	most
打败	dǎbài	defeat

大臣	dàchén	minister
带	dài	to carry, to lead, to bring, a band, a belt
打开	dǎkāi	to turn on, to open
大门	dàmén	entrance, gate
石	dàn	a measure of grain
但(是)	dàn (shì)	but
当	dāng	when
当然	dāngrán	of course
担心	dānxīn	to worry
倒	dào	to fall
到	dào	to arrive, towards
道	dào	path, way, Dao, to say, (measure word for lines, orders)
刀	dāo	knife
到处	dàochù	everywhere
道教	dàojiào	Daoism
道人	dàorén	Daoist
大师	dàshī	grandmaster
大约	dàyuē	approximate
地	de	land, (adverbial particle)
得	de	(particle showing degree or possibility)
的	de	(possessive particle)
德	dé	virtue
的话	de huà	if
得到	dédào	to get
等	děng	to wait
帝	dì	emperor

第	dì	(prefix before a number)
掉	diào	to fall, to drop, to lose, (express completion, fulfillment, removal, etc.)
地表	dìbiǎo	surface
弟弟	dìdi	younger brother
地方	dìfāng	location, place
定	dìng	to decide
鼎	dǐng	tripod
敌人	dírén	enemy
丢	diū	to throw out, lost
地位	dìwèi	status
栋	dòng	(measure word for buildings, houses)
懂	dǒng	to understand
东	dōng	east
动物	dòngwù	animal
东西	dōngxi	thing
动作	dòngzuò	action
都	dōu	both, all
斗鸡	dòujī	cockfighting
读	dú	to read
断	duàn	broken, to break
段	duàn	(measure word for sections)
短线	duǎnxiàn	short line
对	duì	correct, towards someone or something, pair
队	duì	team
盾牌	dùnpái	shield

多	duō	many
多久	duōjiǔ	how long
饿	è	hunger
二	èr	two
而(且)	ér (qiě)	and
儿(子)	ér (zi)	son
而是	érshì	but
发	fà	hair
法家	fǎjiā	Legalism
法律	fǎlǜ	law
烦	fán	bother
饭店	fàndiàn	restaurant, hotel
反对	fǎnduì	oppose
防	fáng	to defend
放	fàng	to put, to let out
方法	fāngfǎ	method
方面	fāngmiàn	aspect, side
放弃	fàngqì	to give up, surrender
防止	fángzhǐ	to prevent
房子	fángzi	house
发生	fāshēng	to happen
发现	fāxiàn	to find out
发展	fāzhǎn	to develop
肥	féi	fat (animal)
飞(行)	fēi (xíng)	to fly, flying
非常	fēicháng	very

份	fèn	(measure word for documents, meals, jobs)
封	fēng	to name, to seal, (measure word for letters, mail)
风	fēng	wind
锋利	fēnglì	sharp
分开	fēnkāi	separate
分离	fēnlí	separate
佛教	fójiào	Buddhism
否则	fǒuzé	otherwise
富	fù	rich
府	fǔ	prefecture
父(亲)	fù (qīn)	father
服从	fúcóng	to obey
符合	fúhé	accord with
附近	fùjìn	nearby
腐烂	fǔlàn	to rot, to decay
父母	fùmǔ	parents
服务	fúwù	to serve
负责	fùzé	be responsible for
改变	gǎibiàn	to change
赶	gǎn	to chase, to rush
干	gān	dry, tree trunk
感(到)	gǎn (dào)	to feel
感兴趣	gǎn xìngqù	interested
刚(才)	gāng (cái)	just, just a moment ago
感谢	gǎnxiè	to thank

告	gào	to sue
高	gāo	tall, high
高级	gāojí	high ranking
告诉	gàosu	to tell
高兴	gāoxìng	happy
个	gè	(measure word, generic)
各	gè	each
歌	gē	song
哥哥	gēge	elder brother
给	gěi	to give
根	gēn	root, (measure word for long thin things)
跟(着)	gēn (zhe)	with, to follow
更	gèng	even, watch (2-hour period)
跟随	gēnsuí	follow
个儿	gèr	height
宫(殿)	gōng (diàn)	palace
工程	gōngchéng	engineering, public works
攻打	gōngdǎ	attack
公告	gōnggào	announcement
公会	gōnghuì	guild
工具	gōngjù	tool
公爵	gōngjué	duke
公开	gōngkāi	public
宫廷	gōngtíng	court
共同	gòngtóng	common
公有	gōngyǒu	public

公元前	gōngyuán qián	B.C.
公允	gōngyǔn	fair
公正	gōngzhèng	fair
工作	gōngzuò	work, job
够	gòu	enough
沟	gōu	ditch
古	gǔ	ancient
谷	gǔ	valley
鼓	gǔ	drum
卦	guà	trigram
拐杖	guǎizhàng	staff, crutch
关(闭)	guān (bì)	to turn off, to close, to lock up
棺材	guāncai	coffin
管理	guǎnlǐ	to manage
关系	guānxì	relationship
关心	guānxīn	to care, concern
关于	guānyú	about
官员	guānyuán	officials
古代	gǔdài	ancient times
贵	guì	expensive
规则	guīzé	rule, regulation
贵重	guìzhòng	precious
贵族	guìzú	aristocrat
过	guò	to pass, (after verb to indicate past tense)
国(家)	guó (jiā)	country
果(子)	guǒ (zi)	fruit

过去	guòqù	past, to pass by
国王	guówáng	king
过夜	guòyè	to stay overnight
故事	gùshi	story
顾问	gùwèn	advisor
还	hái	also
海	hǎi	sea, ocean
还有	hái yǒu	and also
害怕	hàipà	fear, scared
还是	háishì	still is
孩子	háizi	child
喊道	hǎn dào	to shout
行	háng	row, line, element
好	hǎo	good
好几	hǎo jǐ	several
好处	hǎochù	benefit
好像	hǎoxiàng	seemingly, similar to
合	hé	to combine, to join
和	hé	and, with
很	hěn	very
和平	hépíng	peace
合适	héshì	suitable
后	hòu	after, back, behind
后代	hòudài	offspring
后来	hòulái	later
话	huà	word, speech

坏	huài	bad, broken
换	huàn	to exchange, to trade
换成	huàn chéng	to change into
皇家	huángjiā	royal
黄金时代	huángjīn shídài	golden age
还	huán	to return, to give back
欢喜	huānxǐ	to please
欢迎	huānyíng	welcome
护城河	hùchénghé	moat
回	huí	to return
会	huì	will, able to, meet
毁(坏)	huǐ (huài)	to smash, to destroy
毁掉	huǐ diào	to destroy
灰尘	huīchén	dust
回答	huídá	to reply
回来	huílái	to come back
会同	huìtóng	meeting
会议	huìyì	meeting
婚姻	hūnyīn	marriage
或(者)	huò (zhě)	or
获得	huòdé	to obtain
系	jì	to tie
几	jǐ	several
季(节)	jì (jié)	season
记(住)	jì (zhù)	to remember
加	jiā	plus, to add

家	jiā	family, home, one who does (-er, -ian, -ist)
件	jiàn	(measure word for clothing, matters)
剑	jiàn	sword
箭	jiàn	arrow
尖	jiān	tip, sharp
间	jiān	in between, (measure word for room)
见(面)	jiàn (miàn)	to see, to meet
建(造)	jiàn (zào)	to put up, to build
检查	jiǎnchá	to inspect
坚持	jiānchí	to insist
简单	jiǎndān	simple
讲	jiǎng	to speak
降低	jiàngdī	reduce
将来	jiānglái	future
健康	jiànkāng	healthy
建议	jiànyì	to suggest
建议	jiànyì	to suggest, suggestion
监狱	jiānyù	prison
叫	jiào	to call, to shout
教	jiào	religion, teaching
脚	jiǎo	foot
角	jiǎo	corner, horn
交	jiāo	to hand over, to intersect
骄傲	jiāo'ào	proud
教育	jiàoyù	education
叫做	jiàozuò	called

家人	jiārén	family, family members
加入	jiārù	to join
家族	jiāzú	clan
祭拜	jìbài	worship
级别	jíbié	rank
记得	jìde	to remember
嫉妒	Jídù	jealousy
结	jié	knot
解	jiě	untie
街	jiē	street
接(过)	jiē (guo)	to take
解放	jiěfàng	to liberate
结果	jiéguǒ	result
结婚	jiéhūn	to marry
姐姐	jiějie	elder sister
解决	jiějué	to solve, settle, resolve
解释	jiěshì	to explain
接受	jiēshòu	to accept
结束	jiéshù	to finish, the end
接下来	jiēxiàlái	next
接着	jiēzhe	and then
几乎	jīhū	almost
计划	jìhuà	plan
机会	jīhuì	opportunity
进	jìn	to advance, to enter
经常	jīngcháng	often

经过	jīngguò	after, through
尽管	jǐnguǎn	although
进入	jìnrù	to enter
金属	jīnshǔ	metal
今天	jīntiān	today
进行	jìnxíng	to perform a task
禁止	jìnzhǐ	to forbid
即使	jíshǐ	even if
就	jiù	just, right now
旧	jiù	old, worn
久	jiǔ	long
九	jiǔ	nine
就要	jiù yào	will be, about to
就是	jiùshì	just is
继续	jìxù	to continue
句	jù	(measure word for phrase or sentence)
举(起)	jǔ (qǐ)	to lift
觉得	juéde	to feel
决定	juédìng	to decide
鞠躬	jūgōng	to bow down
拒绝	jùjué	to refuse
军(队)	jūn (duì)	army
军队	jūnduì	army
军事威胁	jūnshì wēixié	military threat
君子	jūnzǐ	gentleman
举行	jǔxíng	to hold

开始	kāishǐ	to start, beginning
看	kàn	to look, to read
砍	kǎn	to chop, to hack
看上去	kàn shàngqù	it looks like
看成	kànchéng	regarded as
看法	kànfǎ	opinion
看来	kànlái	it seems
看起来	kànqǐlái	it looks like
课	kè	class, lesson
棵	kē	(measure word for trees, vegetables, some fruits)
颗	kē	(measure word for small round things, some fruits)
肯定	kěndìng	to affirm, definitely
可能	kěnéng	maybe
可怕	kěpà	frightening, terrible
客人	kèrén	guest
可以	kěyǐ	can, may
空(气)	kōng (qì)	air, void, emptiness
控制	kòngzhì	control
口号	kǒuhào	slogan
哭	kū	to cry
快	kuài	fast
困	kùn	to trap, sleepy
困难	kùnnan	difficulty
拉	lā	to pull
来	lái	to come, to arrive

来回	láihuí	around, back and forth
来自	láizì	to come from
老	lǎo	old
老虎	lǎohǔ	tiger
老师	lǎoshī	teacher
老鼠	lǎoshǔ	mouse
了	le	(indicates completion)
乐	lè	happy
累	lèi	tired
离	lí	away from, to leave
利	lì	sharp
力	lì	force
礼	lǐ	courtesy, manners
里	lǐ	a Chinese mile (500 meters)
俩	liǎ	both
连	lián	even, to connect
梁	liáng	beam, rafter
辆	liàng	(measure word for vehicles)
两	liǎng	two, Chinese ounce
粮食	liángshí	grain
恋情	liànqíng	romantic affair
了解	liǎojiě	to understand
猎	liè	hunt
理解	lǐjiě	to understand
离开	líkāi	to leave
礼貌	lǐmào	polite

灵	líng	spirit
另一	lìng yī	another
邻国	línguó	neighboring country
另外	lìngwài	other, another, in addition
邻居	línjū	neighbor
力气	lìqi	strength
例如	lìrú	for example
历史	lìshǐ	history
历史学家	lìshǐ xuéjiā	historian
留	liú	to stay
六	liù	six
流行	liúxíng	popular
礼物	lǐwù	gift
理想	lǐxiǎng	ideal
礼仪	lǐyí	etiquette
利用	lìyòng	to take advantage of
龙	lóng	dragon
路	lù	road
旅行	lǚxíng	travel
吗	ma	(indicates a question)
马	mǎ	horse
麻烦	máfan	trouble
卖	mài	to sell
买	mǎi	to buy
埋葬	máizàng	to bury
满	mǎn	full

慢慢	mànman	slowly
蛮夷	mányí	barbarians
矛	máo	spear
马上	mǎshàng	right away
每	měi	every
没(有)	méi (yǒu)	no, have not
每当	měi dāng	whenever
没了	méi le	gone
美德	měidé	virtue
美好	měihǎo	nice, wonderful
美丽	měilì	beautiful
没有什么	méiyǒu shénme	there is nothing
们	men	(indicates plural)
梦	mèng	dream
面	miàn	side, surface, noodles, face, (measure word for flat things)
面前	miànqián	in front
秘密	mìmì	secret
名(字)	míng (zi)	first name, name, (measure word for an occupation or profession)
明白	míngbai	to understand, clear
命令	mìnglìng	command
墓地	mùdì	cemetery
母亲	mǔqīn	mother
木头	mùtou	wood
拿	ná	to take, to pick up
那	nà	that

那里	nàlǐ	there
哪里	nǎlǐ	where
那么	nàme	so then
南	nán	south
男	nán	male
难	nán	difficult
难道	nándào	could it be
难得	nándé	rare
男孩	nánhái	boy
那儿	nàr	there
那时	nàshí	at that time
那些	nàxiē	those ones
那样	nàyàng	that way
呢	ne	(indicates question)
内	nèi	inside, inner
能	néng	can
能够	nénggòu	able to, capable of
能力	nénglì	ability
你	nǐ	you (male)
年	nián	year
年龄	niánlíng	age
年轻	niánqīng	young
鸟	niǎo	bird
牛	niú	cow
弄	nòng	to transform
女	nǚ	female

女儿	nǚ'ér	daughter
女孩	nǚhái	girl
奴隶	núlì	slave
排	pái	row, (measure word for row)
旁边	pángbiān	beside
叛乱	pànluàn	rebellion
盘子	pánzi	plate
跑(步)	pǎo (bù)	to run
朋友	péngyou	friend
匹	pǐ	(measure word for horses, cloth)
片	piàn	(measure word for flat objects)
漂	piāo	to drift
漂亮	piàoliang	beautiful
评判	píngpàn	to judge
批评	pīpíng	criticize
仆人	púrén	servant
骑	qí	to ride (a horse)
齐	qí	even
起	qǐ	to rise, start, from, to get up
七	qī	seven
前	qián	in front, before
钱	qián	money
墙(壁)	qiáng (bì)	wall
强大	qiángdà	powerful
强壮	qiángzhuàng	strong
谦逊	qiānxùn	humility

敲响	qiāoxiǎng	to strike (with sound)
妾	qiè	concubine
奇怪	qíguài	strange
起来	qǐlái	(after verb, indicates start of an action)
麒麟	qílín	kirin (mythical creature)
亲爱	qīn'ài	dear
情	qíng	feeling
请	qǐng	please
清楚	qīngchu	clear
请教	qǐngjiào	to consult
情况	qíngkuàng	situation
庆祝	qìngzhù	to celebrate
亲戚	qīnqi	relative
穷	qióng	poor (having no money)
其他	qítā	other
其中	qízhōng	among
妻子	qīzi	wife
去	qù	to go
取走	qǔ zǒu	to take away
劝	quàn	to advise
全(部)	quán (bù)	all, entire
权力	quánlì	power
区别	qūbié	the difference
取得	qǔdé	to acquire
却	què	but
群	qún	group, (measure word for group)

让	ràng	to let, to cause
然后	ránhòu	then
绕过	rào guò	to bypass
人	rén	person, people
仁	rén	benevolence
认出	rènchū	to recognize
仁慈	réncí	kindness
仍然	réngrán	still, yet
任何	rènhé	any
人们	rénmen	people
任命	rènmìng	to appoint
认识	rènshi	to understand
认为	rènwéi	to believe
日子	rìzi	day
容忍	róngrěn	to tolerate
容易	róngyì	easy
肉	ròu	meat, flesh
入	rù	to enter
如果	rúguǒ	if
儒家	rújiā	Confucianism
弱	ruò	weak
三	sān	three
森林	sēnlín	forest
杀	shā	to kill
扇	shàn	fan, (measure word for door or other flat, thin objects)
上	shàng	top, on

上级	shàngjí	superior
上天	shàngtiān	god, heaven
射	shè	to shoot, to emit
身边	shēnbiān	close to someone
生(活)	shēng (huó)	to give birth, to grow out, life
生下	shēng xià	give birth
身高	shēngāo	body height
胜利	shènglì	victory
生命	shēngmìng	life
生气	shēngqì	anger
圣人	shèngrén	sage
神灵	shénlíng	spiritual
什么	shénme	what?
神秘	shénmì	mystery
神奇	shénqí	magical
深入	shēnrù	thorough
甚至	shènzhì	even
舌头	shétou	tongue
十	shí	ten
是	shì	is, are, yes, correct
试	shì	to try
师(父)	shī (fu)	master
时(候)	shí (hou)	time, moment, period
石(头)	shí (tou)	stone
十几	shí jǐ	a dozen
失败	shībài	failure

士兵	shìbīng	soldier
时代	shídài	era
诗歌	shīgē	poetry, song
适合	shìhé	to fit
实际上	shíjì shàng	actually
时间	shíjiān	time, period
世界	shìjiè	world
时期	shíqī	period
事情	shìqing	matter
侍卫	shìwèi	bodyguard
首	shǒu	(measure word for music, poems)
受(苦)	shòu (kǔ)	to suffer
收(下)	shōu (xià)	to receive, to collect, to include
受到	shòu dào	to receive, to suffer
收回	shōu huí	withdraw
首都	shǒudū	capital city
首领	shǒulǐng	chief, leader
书	shū	book
叔	shū	uncle
树(木)	shù (mù)	tree
双	shuāng	pair
谁	shuí	who
税	shuì	tax
顺利	shùnlì	smoothly
说(话)	shuō (huà)	to say
说服	shuōfú	to persuade

说明	shuōmíng	to explain
数字	shùzì	number
四	sì	four
死	sǐ	die
司法	sīfǎ	judicial
司法官	sīfǎguān	sheriff
寺庙	sìmiào	temple
思想	sīxiǎng	thought, belief
送(给)	sòng (gěi)	to give a gift
诉	sù	to sue
随	suí	to follow
岁	suì	years of age
随便	suíbiàn	casual
虽然	suīrán	although
孙子	sūnzi	grandson
所以	suǒyǐ	so
所有	suǒyǒu	all
他	tā	he, him
她	tā	she, her
它	tā	it
太	tài	too, very
抬头	táitóu	to look up
太子	tàizǐ	crown prince
弹	tán	to bounce
谈	tán	to talk
逃(走)	táo (zǒu)	to escape

逃离	táolí	to escape
讨论	tǎolùn	to discuss
天	tiān	day, sky
天地	tiāndì	heaven and earth
天上	tiānshàng	heaven
天堂	tiāntáng	heaven
条	tiáo	(measure word for long, narrow, flexible things)
跳舞	tiàowǔ	to dance
提出	tíchū	to propose
提供	tígōng	to supply, to offer, to provide
听	tīng	to listen, to hear
听不到	tīng bu dào	can't hear
听说	tīngshuō	it is said that
提醒	tíxǐng	to remind, reminder
通	tōng	to pass
同时	tóngshí	in the meantime
同样	tóngyàng	equally
同意	tóngyì	to agree
统治	tǒngzhì	to rule
统治权	tǒngzhìquán	dominion
统治者	tǒngzhìzhě	ruler
头	tóu	head, (measure word for animal with big head)
偷	tōu	to steal
徒弟	túdì	apprentice
土地	tǔdì	land

推倒	tuīdǎo	to knock down
图书馆	túshūguǎn	library
挖	wā	to dig
外(面)	wài (miàn)	outside
完	wán	to finish
玩	wán	to play
万	wàn	ten thousand
碗	wǎn	bowl
王	wáng	king
网	wǎng	net, network, web
忘(记)	wàng (jì)	to forget
王位	wángwèi	throne
王子	wángzǐ	prince
玩具	wánjù	toy
完全	wánquán	completely
晚上	wǎnshang	evening, night
为	wéi	for, as
位	wèi	place, (measure word for people (polite))
伟	wěi	great
为了	wèi le	in order to
围城	wéichéng	siege
为什么	wèishénme	why
危险	wēixiǎn	danger
威胁	wēixié	to threaten
位子	wèizi	seat
问	wèn	to ask

文化	wénhuà	culture
问题	wèntí	problem, question
我	wǒ	I, me
无	wú	no, without
五	wǔ	five
舞(蹈)	wǔ (dǎo)	dance
武器	wǔqì	weapon
侮辱	wǔrǔ	insult
西	xī	west
下	xià	down, under
瞎	xiā	blind
下来	xiàlái	to come down
线	xiàn	thread, line, wire
先	xiān	first
现有	xiàn yǒu	existing
像	xiàng	like, to resemble, statue, portrait
向	xiàng	towards
象	xiàng	elephant
项	xiàng	(measure word for tasks, items)
想	xiǎng	to want, to miss, to think of
想要	xiǎng yào	would like to
相处	xiāngchǔ	to get along with
想法	xiǎngfǎ	idea, thought
相互	xiānghù	each other
享受	xiǎngshòu	to enjoy
相同	xiāngtóng	same

相信	xiāngxìn	to believe, to trust
陷阱	xiànjǐng	trap
现在	xiànzài	now
笑	xiào	to laugh
小	xiǎo	small
孝(道)	xiào (dào)	filial piety
小船	xiǎochuán	boat
小时	xiǎoshí	hour
消息	xiāoxi	news
小心	xiǎoxīn	careful
写	xiě	to write
些	xiē	some
邪恶	xié'è	evil
习惯	xíguàn	habit
喜欢	xǐhuan	to like
信	xìn	letter
心	xīn	heart/mind
新	xīn	new
姓	xìng	surname
醒(来)	xǐng (lái)	to wake up
兴趣	xìngqù	interest in
行星	xíngxīng	planet
行走	xíngzǒu	to walk
犀牛	xīniú	rhino
心情	xīnqíng	feeling
信任	xìnrèn	to trust

信息	xìnxī	information
兄弟	xiōngdì	brother
羞耻	xiūchǐ	shame
休息	xiūxi	to rest
希望	xīwàng	to hope
许	xǔ	to allow
选(择)	xuǎn (zé)	to select, to choose
许多	xǔduō	many
学(会)	xué (huì)	to learn
学(习)	xué (xí)	to learn
学生	xuéshēng	student
学校	xuéxiào	school
学者	xuézhě	scholar
需要	xūyào	to need
颜	yán	face
羊	yáng	sheep, goat
样子	yàngzi	look, appearance
宴会	yànhuì	banquet
眼睛	yǎnjing	eye
研究	yánjiū	to study
要	yào	to want
要饭	yàofàn	to beg for food
邀请	yāoqǐng	to invite
要求	yāoqiú	to request
也	yě	also
野地	yědì	field

野外	yěwài	field
也许	yěxǔ	maybe, not sure
爷爷	yéye	grandfather, paternal grandfather
易	yì	easy
以	yǐ	by
一	yī	one
衣(服)	yī (fu)	clothes
意(思)	yì (si)	meaning
一点(点)	yì diǎn (diǎn)	a little bit
一个人	yí gè rén	alone, one person
一般	yìbān	generally
一定	yídìng	must
以后	yǐhòu	after, later, in future
以及	yǐjí	as well as
意见	yìjiàn	opinion
已经	yǐjīng	already
因此	yīncǐ	therefore
鹰	yīng	hawk, eagle, falcon
应该	yīnggāi	should
影响	yǐngxiǎng	influence
英雄	yīngxióng	hero
因为	yīnwèi	because
音乐	yīnyuè	music
一起	yìqǐ	together
以前	yǐqián	before
一切	yíqiè	all

一生	yìshēng	lifetime
仪式	yíshì	rite
以为	yǐwéi	to believe
一样	yíyàng	same
一直	yìzhí	always
用	yòng	to use
永远	yǒngyuǎn	forever
游	yóu	to travel
由	yóu	from, by, because of
又	yòu	again, also
有	yǒu	to have
有礼貌	yǒu lǐmào	courteous
有钱	yǒu qián	wealthy
有权	yǒu quán	have power
有效	yǒu xiào	effective
有影响	yǒu yǐngxiǎng	influential
有责任	yǒu zérèn	responsible
友好	yǒuhǎo	friendly
有力	yǒulì	powerful
有名	yǒumíng	famous
有趣	yǒuqù	interesting
有时	yǒushí	sometimes
有些	yǒuxiē	some
有用	yǒuyòng	useful
鱼	yú	fish
与	yǔ	and, with

员	yuán	member
远	yuǎn	far
原来	yuánlái	turn out to be, original
远离	yuǎnlí	keep away, away
愿意	yuànyì	willing
原因	yuányīn	cause, origin
院子	yuànzi	courtyard
愚蠢	yúchǔn	foolish
遇到	yùdào	encounter
月(亮)	yuè (liang)	month, moon
越来越	yuè lái yuè	more and more
约有	yuē yǒu	approximately
允许	yǔnxǔ	to allow
于是	yúshì	therefore
预示	yùshì	omen, foreshadow
欲望	yùwàng	desire
语言	yǔyán	language
再	zài	again
在	zài	in, at
再也(不)	zài yě (bù)	never again
葬礼	zànglǐ	funeral
早	zǎo	early
增	zēng	increase
怎么	zěnme	how?
怎样	zěnyàng	how
责任	zérèn	responsibility

站	zhàn	to stand
战(争)	zhàn (zhēng)	war
战斗	zhàndòu	to fight
章	zhāng	chapter
长大	zhǎngdà	to grow up
丈夫	zhàngfu	husband
战胜	zhànshèng	overcome
找	zhǎo	to search for
找麻烦	zhǎo máfan	to look for trouble
找到	zhǎodào	found
照顾	zhàogù	to take care of
着	zhe	(indicates action in progress)
这	zhè	this
这里	zhèlǐ	here
真(正)	zhēn (zhèng)	true, real
正	zhèng	correct, just
征	zhēng	attack
争夺	zhēngduó	scramble
政府	zhèngfǔ	government
征服者	zhēngfúzhě	conqueror
争论	zhēnglùn	to argue
证明	zhèngmíng	to prove
正确	zhèngquè	correct
正式	zhèngshì	formal
正义	zhèngyì	justice
正在	zhèngzài	(-ing)

真相	zhēnxiàng	truth
这时	zhèshí	at this time
哲学	zhéxué	philosophy
这样	zhèyàng	such
只	zhǐ	only
之	zhī	of
支	zhī	(measure word for stick-like things, armies, songs, flowers)
只能	zhǐ néng	can only
支持	zhīchí	support
直到	zhídào	until
制度	zhìdù	system
只好	zhǐhǎo	had to
之后	zhīhòu	after, later
智慧	zhìhuì	wisdom
之间	zhījiān	between
之前	zhīqián	before
知识	zhīshi	knowledge
种	zhòng	to plant
重	zhòng	heavy, hard
种	zhǒng	(measure word for kinds of things)
中	zhōng	in, middle, center, among
忠诚	zhōngchéng	loyalty
中国	zhōngguó	China
中间	zhōngjiān	middle
重要	zhòngyào	important
终于	zhōngyú	eventually

周	zhōu	week
周围	zhōuwéi	surroundings
住	zhù	to live, to hold, (verb complement)
猪	zhū	pig
竹(子)	zhú (zi)	bamboo
抓(住)	zhuā (zhù)	to arrest, to grab, to scratch
转(动)	zhuǎn (dòng)	to spin, to turn around
珠宝	zhūbǎo	jewelry
祝福	zhùfú	blessing
追	zhuī	to chase
追上	zhuī shàng	to overtake
准备	zhǔnbèi	to prepare
主意	zhǔyi	idea, plan, decision
字	zì	written character
子	zǐ	child
自从	zìcóng	ever since
自己	zìjǐ	oneself
仔细	zǐxì	careful
总是	zǒngshì	always
走	zǒu	to go, to walk
族	zú	tribe
阻(止)	zǔ (zhǐ)	to stop, to prevent
最	zuì	most
最好	zuì hǎo	best
最后	zuìhòu	last
遵守	zūnshǒu	abide by

尊重	zūnzhòng	to respect
做	zuò	to do, to make
坐	zuò	to sit
座	zuò	seat, (measure word for mountains, temples, big houses)
做错	zuò cuò	to do wrong
做法	zuòfǎ	method
做事	zuòshì	work
作为	zuòwéi	as
左右	zuǒyòu	about, left and right
祖先	zǔxiān	ancestor

About the Authors

Jeff Pepper (author) is CEO of Imagin8 Press, and has written dozens of books about Chinese language and culture. Over his career he has founded and led several successful computer software firms, including one that became a publicly traded company. He's authored two software related books and was awarded three U.S. patents.

Dr. Xiao Hui Wang (translator) has an M.S. in Information Science, an M.D. in Medicine, a Ph.D. in Neurobiology and Neuroscience, and decades of years experience in academic and clinical research. She has taught Chinese and has extensive experience in translating Chinese to English and English to Chinese.